Le Professeur et la Sirène

Le Professeur et la Sirène, second livre de Giuseppe Tomasi di Lampedusa, comprend un long texte autobiographique, *les Lieux de ma première enfance,* qui nous livre quelques-unes des sources cachées du *Guépard.* Viennent ensuite trois nouvelles, *la Matinée d'un métayer, le Bonheur et la Loi* et *le Professeur et la Sirène,* qui plongent toutes les trois au plus profond de la société italienne.

Giuseppe Tomasi, duc de Palma, prince de Lampedusa, a vécu jusqu'à soixante ans la vie d'un aristocrate sicilien de haute culture européenne. Un jour de 1955, il se mit à écrire un livre auquel il pensait depuis toujours. Le livre achevé, il mourut. C'était au printemps de 1957. En novembre 1958 paraissait le Guépard, *aujourd'hui traduit dans toutes les langues et partout avec un succès sans précédent. Visconti a adapté* le Guépard *au cinéma, et le film, Palme d'or au festival de Cannes, est un des sommets de son œuvre.* Le Professeur et la Sirène *a été publié en 1961.*

Du même auteur

AUX MÊMES ÉDITIONS

Le Guépard
1959 ; Points-Romans n° 3

Giuseppe Tomasi di Lampedusa

Le Professeur et la Sirène

TRADUIT DE L'ITALIEN
PAR LOUIS BONALUMI

PRÉFACE DE GIORGIO BASSANI

Éditions du Seuil

TEXTE INTÉGRAL.

EN COUVERTURE : Werner Tubke, *Portrait d'un grand propriétaire foncier sicilien* (détail). Archives Snark.

La version originale de cet ouvrage a été publiée en 1961 par Feltrinelli, à Milan, sous le tittre *Racconti.*

ISBN 2-02-006090-6.
(ISBN 1re publication 2-02-001440-8.)

PRÉFACE

A près de trois ans de la publication du Guépard, *voici un second livre de Giuseppe Tomasi di Lampedusa. Il comprend trois nouvelles proprement dites :* la Matinée d'un métayer, le Bonheur et la Loi, le Professeur et la Sirène; *et un long écrit autobiographique,* les Lieux de ma première enfance. *Ce dernier texte, malgré son caractère intime et personnel, prend aujourd'hui place, au même titre que les précédents, dans l'univers poétique de l'auteur. Le recueil nous paraît donc fort précieux : d'abord en soi, du fait de sa profonde unité d'inspiration ; en second lieu, parce que des rapports vivants relient chacune de ses pages au* Guépard; *enfin, parce qu'il rassemble tout ce que le prince de Lampedusa produisit au cours de l'extrême et intense saison créatrice qui coïncida, à peu près, avec les deux dernières années de sa vie (1955-57).*

Face à une œuvre telle que le Guépard, *tout autre livre risque de pâlir. Or,* le Guépard *étant ce qu'il est, ces nouvelles et les pages autobiographiques qui les précèdent apparaissent à l'évidence comme des morceaux de premier ordre. Nous sommes sûrs de ne point nous tromper : elles s'avèrent dignes de figurer auprès du chef-d'œuvre, et d'être appréciées pour ce qu'elles sont — mineures uniquement de par leur volume mais non sur le plan de la valeur intrinsèque.*

La Matinée d'un métayer *est peut-être celui des trois récits qui se rattache le plus directement au* Guépard. *La princesse Alexandra di Lampedusa, épouse de l'écrivain, nous signale que ce texte fut conçu non comme un tout, mais comme le premier chapitre d'un nouveau roman qui aurait dû s'intituler* les Chatons aveugles *et constituer en quelque sorte la suite et la conclusion du* Guépard. *De fait, le lien qui unit ce texte au roman se révèle d'emblée très étroit. Nous sommes dans les premières années du siècle, vers l'époque où la dépouille du chien Bendicò accomplit son vol terminal par la fenêtre. Une fois encore, c'est la Sicile qui est ici présente, celle des fiefs de l'intérieur et de Palerme : avec d'une part ses nouveaux riches, les Ibba, plus que jamais avides, grossiers et féroces, et de l'autre ses ineptes aristocrates de toujours. Ferrara, l'avoué qui se rend chez Batassano Ibba, à Gibilmonte, pour encaisser le produit d'une vente de terrain, n'est autre que le fils du comptable Ferrara, ce petit bourgeois libéral qui figure dans* le Guépard. *De même, Fabrizietto Salina, le maître du jeune Ferrara, est le petit-fils du « Prince », le fameux don Fabrice, personnage central du roman. Abstraction faite de toutes les affinités de contenu, ce récit, à l'instar du* Guépard, *nous parle de mort et de décadence. Le temps est sans pitié : non content d'emporter et de dégrader chaque chose, il multiplie et aggrave à la longue ses coups. Rien donc de surprenant si le jeune Ferrara n'est que l'image pâlie de son père, si Fabrizietto n'est que l'ombre estompée de son aïeul. Quant aux Ibba, les enrichis de la génération qui a suivi les Sedara, ils se révèlent, et de loin, pires que leurs devanciers lancés cinquante ans plus tôt à la conquête du bien-être et du pouvoir. Ils viennent tout droit de la glèbe et n'étaient hier encore que des paysans analphabètes. La révolution sociale qu'ils annoncent (leurs enfants vêtus de costumes marins, nous les voyons déjà, vingt ans plus tard, en chemises noires) n'a plus rien de commun avec le romantisme ou le Risorgimento : elle est marquée au coin d'une âpreté, d'une mesquinerie petites bourgeoises.*

Ce qui importe en tout cas aujourd'hui, c'est de constater que ce premier chapitre d'un roman à peine ébauché forme un tout et se suffit très bien. La scène est moins vaste, certes, mais on y retrouve incontestablement la main rapide et inspirée qui a rédigé le Guépard. *La description finale d'un groupe d'aristocrates palermitains en train de discuter, de fabuler, au Cercle, sur la richesse présumée des métayers devenus gros propriétaires, ne se laisse pas aisément oublier. On songe à Gogol, à Balzac, à Flaubert, à Maupassant, maîtres indéniables de Tomasi di Lampedusa dans la peinture de ces* mœurs de province [1] ; *mais le sens profond, l'idée qui sous-tend toute l'œuvre, ne concerne en définitive que Tomasi di Lampedusa et ses lecteurs, ses contemporains « parlants », auxquels il a pensé comme peut-être aucun écrivain italien ne l'avait fait jusqu'à lui.*

1. En français dans le texte. (N. du T.)

Parfaite dans sa brièveté, la deuxième nouvelle, le Bonheur et la Loi, *recèle également, sous les apparences du « naturalisme », les constantes qui caractérisent l'inspiration de l'auteur : plutôt morale et politique (*le Guépard *est aussi et presque essentiellement un grand pamphlet) qu'esthétique selon les critères de* l'art pour l'art.

Mais plus importante encore est la longue nouvelle qui suit, le Professeur et la Sirène, *écrite semble-t-il en 1956, après un séjour que fit l'auteur sur le littoral d'Augusta durant l'été de la même année. C'est manifestement le « clou » du recueil.* Nous *ne nous attarderons pas à en souligner les beautés majeures : de l'évocation initiale du fantomatique café turinois jusqu'à l'orgie panique qui a pour protagonistes le jeune philologue sicilien et la sirène Lighea. Une fois de plus, Tomasi di Lampedusa a mis à contribution toute sa culture, tout son impeccable talent d'écrivain. Il s'est souvenu de Bœcklin, de Wells (qu'il cite d'ailleurs), peut-être même du Soldati de* la Verità sul Caso Motta, *et sa prose, vibrante de lyrisme ou veinée d'ironie, n'a jamais été sans doute aussi belle, aussi riche et ensorcelante. Mais, ici encore, c'est la signification morale qui l'emporte. Dans le personnage du Professeur La Ciura (illustre vieillard qui, pour avoir partagé jadis l'amour d'une sirène, s'est voulu chaste le reste de sa vie durant) l'auteur a mis peut-être une plus grande part de lui-même que dans celui, déjà si proche, de don Fabrice Salina, dont les derniers instants avaient la vérité poignante d'une confession. Pour bien comprendre Tomasi di Lampedusa, pour bien saisir le message du* Guépard *— œuvre avant tout morale et politique, répétons-le, et par là-même roman d'une originalité, d'un modernisme authentiques — il faudra désormais* *tenir compte d'un autre aristocrate (mais de l'esprit), d'un autre vieillard excentrique, de cet autre « soupirant » de la mort et du néant qu'est le Professeur La Ciura.*

Il nous reste à parler du texte qui ouvre le recueil : les Lieux de ma première enfance.

Ces pages, contrairement aux précédentes, n'ont pu être collationnées sur les manuscrits autographes. Ce furent les premières qu'écrivit le prince de Lampedusa, lorsque au cours de l'automne 1955 il décida de prendre la plume ; d'après la princesse Alexandra, elles n'étaient pas destinées à la publication. Ces « mémoires » sont essentiellement constitués par une description des deux vastes maisons — l'une en ville, l'autre à la campagne — où l'auteur avait passé son enfance. Celle de Palerme fut détruite en 1943 par les bombardements alliés ; quant à celle de Santa Margherita, vendue par l'oncle de l'auteur, le prince Alessandro Tasca di Cutò, député socialiste au Parlement, dans les années qui suivirent la première guerre mondiale, elle n'est plus aujourd'hui qu'un amas de ruines méconnaissables. Ces textes ont donc un caractère plus personnel, plus intime que les nouvelles ; ils furent écrits, comme l'atteste la princesse Alexandra, pour adoucir « la tristesse » qu'infligeait à l'auteur la perte de ces demeures chères à sa mémoire : une « tentative pour conjurer la nostalgie en évoquant les souvenirs d'enfance ».

Quoi qu'il en soit, et même après avoir constaté qu'une partie de ces matériaux furent repris ensuite dans le Guépard, *on ne peut nier que* les Lieux de ma première enfance *offrent en eux-mêmes un extraordinaire intérêt. La villa de Santa Margherita et Donnafugata ne font qu'un, c'est vrai, mais qu'importe ? Ici, l'œil de l'écrivain s'est fait encore plus aigu, son trait plus précis, plus élégant, et le souvenir du fastueux* largo *symphonique qui accompagne de seuil en seuil les amours de Tancrède et d'Angélique ne nous empêche certes pas d'écouter avec délectation les sonorités quasi mozartiennes de cette délicate, désuète et adorablement hésitante musique de chambre.*

GIORGIO BASSANI.

Juin 1961.

Les lieux de
ma première enfance

CHAPITRE PREMIER

Chez tout le monde, je crois, les souvenirs d'enfance consistent en une série d'images, nettes souvent mais dénuées de sens chronologique. Entreprendre la « chronique » de ses premières années me paraît dès lors impossible : fût-ce avec le maximum de bonne foi, on ne saurait en donner qu'une idée fausse et reposant presque toujours sur d'affreux anachronismes. Ma méthode visera donc à grouper les thèmes afin de suggérer une impression globale située dans l'espace plutôt que dans le temps. J'évoquerai les décors de mon enfance, les personnes qui l'entourèrent; mes sentiments aussi, dont cependant je me garderai *a priori* de suivre l'évolution.

Si je puis promettre ne rien avancer qui soit faux, je ne pense pas pour autant vouloir tout dire et me réserve le droit de mentir par omission. A moins que je ne change d'avis chemin faisant.

L'un des plus anciens souvenirs qu'il me soit donné de dater avec précision, car il se réfère à un événement historiquement contrôlable, remonte au 30 juillet 1900 ; j'avais trois ans et demi, plus quelques jours.

En compagnie de ma mère et de sa femme de chambre

(sans doute Teresa, la Turinoise), je me trouvais dans le cabinet de toilette. Cette pièce plus longue que large prenait jour par deux balcons opposés, situés à chacun des bouts; le premier donnait sur le jardinet qui séparait notre maison de l'oratoire de Santa Zita, le deuxième sur une petite cour intérieure. Devant le balcon côté jardin, était placée une coiffeuse, de forme « haricot » : sous une plaque de verre transparaissait un tissu rose; une sorte de jupon de dentelle blanche enveloppait les quatre pieds. Il y avait là, outre un jeu de brosses et divers nécessaires, une grande glace dont le cadre en miroiterie s'ornait d'étoiles et autres motifs de cristal qui me plaisaient fort.

C'était le matin, il me semble, vers onze heures, et je revois l'intense lumière d'été filtrer à travers les persiennes de la fenêtre aux battants grands ouverts.

Ma mère se coiffait, aidée par la femme de chambre; quant à moi, je ne sais trop ce que je faisais, assis par terre au milieu de la pièce. Peut-être ma nurse, Elvira, une Siennoise, était-elle avec nous, mais rien ne me paraît moins sûr.

Soudain, nous entendîmes un pas précipité dans le petit escalier intérieur qui communiquait avec le studio de mon père, juste en dessous, à l'entresol. Mon père entra sans frapper et prononça quelques mots d'une voix fébrile. Je me souviens fort bien du ton, mais non des paroles ni de leur sens.

En revanche, je *vois* encore l'effet qu'elles produisirent. Ma mère laissa tomber sa brosse à long manche d'argent, Teresa fit « Mon Dieu ! » et la pièce fut plongée dans la consternation.

Mon père venait d'annoncer l'assassinat du roi Humbert, survenu la veille au soir, à Monza, le 29 juillet 1900. Je *vois*, répétons-le, toutes les raies d'ombre et de lumière du balcon, *j'entends* la voix émue de mon père, la brosse heurtant le verre de la toilette, l'exclamation poussée par la brave Teresa, je *ressens* le désarroi que tous éprouvèrent, mais pour moi tout cela reste dissocié de la mort du souverain. La signification pour ainsi dire historique de l'événement ne me fut révélée que plus tard; sans doute explique-t-elle la persistance de la scène dans ma mémoire.

Autre souvenir précis, celui du tremblement de terre de Messine (28 décembre 1908). La secousse fut très bien perçue à Palerme; toutefois, je ne me la rappelle pas et il se pourrait qu'elle n'ait point interrompu mon sommeil. Je puis par contre évoquer avec netteté la grosse pendule anglaise de mon grand-père, placée à l'époque dans le vestibule, et bloquée sur les fatales 5 h 20, tout comme j'entends encore un de mes oncles (Ferdinando, je crois, qui était passionné d'horlogerie) me dire que cet arrêt est le fait du tremblement de terre de la nuit. Je me souviens qu'ensuite, au cours de la soirée, vers sept heures et demie, alors que je me trouvais dans la salle à manger de mes grands-parents (j'assistais souvent à leur dîner qui précédait le mien), un de mes oncles, probablement le même Ferdinando, entra avec un journal du soir qui portait en manchette : « Dégâts considérables et nombreuses victimes à Messine après le séisme de ce matin. »

Moins visuel que le premier, ce souvenir est cependant bien plus précis dans son rapport à l' « événement ».

Quelques jours plus tard, mon cousin arrivait de Messine : il avait perdu son père et sa mère dans la catastrophe. Nos cousins Piccolo l'hébergèrent, et je lui rendis visite par une blafarde, pluvieuse journée d'hiver. Je n'ai pas davantage oublié la douleur de ma mère quand elle apprit que les corps de sa sœur Lina et de son beau-frère avaient été retrouvés. Je la vois, effondrée dans un des grands fauteuils du « salon vert » où personne jamais ne s'asseyait; un collet d'astrakan moiré jeté sur les épaules, elle sanglotait. D'énormes chariots militaires parcouraient la ville pour recueillir vêtements et couvertures destinés aux sinistrés; l'un de ces chariots vint même à passer rue Lampedusa et, d'un balcon de chez nous, on me fit tendre des couvertures de laine à un soldat juché sur le véhicule, presque au niveau du premier étage. C'était un artilleur, coiffé du calot bleu à liséré orange; je distingue encore son visage rubicond et je l'entends encore répéter : « Merci, merci », avec l'accent continental. On disait alors, cela m'avait frappé, que les rescapés, installés un peu partout y compris dans les théâtres, se conduisaient entre eux « d'une manière fort indécente », et mon père de commenter, souriant : « Ils cherchent à remplacer les morts. » Allusion que je saisissais parfaitement.

Une autre journée est restée gravée dans mon esprit : je ne saurais la dater avec précision, mais elle fut, c'est certain, bien antérieure à la catastrophe de Messine et suivit même de près, il me semble, la mort du roi Humbert. Nous étions les hôtes des Florio, dans leur villa de Favignana. Cela se passait en plein été. Elvira, la nurse, vint me réveiller plus tôt que d'habitude, vers sept heures; elle me débarbouilla en deux coups d'éponge, à l'eau fraîche, puis entreprit de m'habiller avec le plus grand soin. Je fus ensuite traîné jusqu'au rez-de-chaussée et sortis dans le jardin par une petite porte latérale avant de remonter vers la véranda principale, située à l'entrée de la villa, face à la mer; on y accédait par un escalier de six à sept marches. Je me souviens du soleil ébouissant de cette matinée de juillet-août; la véranda en était protégée par de grandes tentes de toile orange qui se gonflaient et flottaient au vent du large comme des voiles (je les entends encore claquer). Ma mère, madame Florio (Franca, la « divine beauté ») et plusieurs autres personnes se trouvaient là, assises sur des chaises de rotin. Au centre du groupe siégeait une très vieille dame, voûtée, au nez crochu, enveloppée dans des crêpes de veuve qui s'agitaient furieusement sous les rafales. On me conduisit vers elle. La dame m'adressa quelques mots que je ne compris point, se pencha un peu plus et m'embrassa sur le front (je devais être bien petit pour l'obliger de la sorte, tout assise, à se courber). Après quoi, je fus emporté, ramené dans ma chambre, débarrassé de mes atours de gala, revêtu d'un costume plus modeste et conduit sur la plage où se trouvaient déjà les enfants Florio ainsi que d'autres gamins. Je me baignai avec eux et nous nous attardâmes ensuite, sous un soleil de plomb, à notre jeu préféré : chercher dans le sable des morceaux de corail écarlates, assez faciles à trouver.

On me révéla au cours de l'après-midi que la vieille dame était Eugénie, ex-impératrice des Français, dont le yatch était ancré devant Favignana ; elle avait dîné la veille chez les Florio (ce que bien entendu j'ignorais) et le lendemain matin, sur le coup de sept heures, était venue prendre congé de ses hôtes, infligeant ainsi, avec une indifférence très impériale, un véritable supplice à ma mère et à madame Florio qui avaient cependant tenu à lui présenter leurs rejetons.

J'ai relu ces jours-ci (mi-juin 1955) un livre de Stendhal, *la Vie d'Henry Brulard*. Cela ne m'était pas arrivé depuis la lointaine année 1922, époque où je devais être encore obnubilé par le « beau explicite » et l'« intérêt subjectif », car le livre ne m'avait guère enchanté.

Aujourd'hui, je ne saurais donner tort à ceux qui le tiennent pour le chef-d'œuvre de Stendhal ; il y a là une remarquable fraîcheur de sensations, une évidente sincérité, un admirable effort pour balayer les strates du souvenir et parvenir à l'essentiel. Et quelle clarté de style! Quelle masse d'impressions, d'autant plus précieuses qu'elles sont moins rares.

Je voudrais essayer d'en faire autant. J'y vois comme une obligation. Sur le déclin de notre vie, ce devient un impératif de rassembler les sensations qui ont traversé ce corps qui fut nôtre. Bien peu parviendront de la sorte à réaliser un chef-d'œuvre (Rousseau, Stendhal, Proust), mais chacun devrait pouvoir préserver ainsi quelque chose, qui sans ce petit effort serait à jamais perdu. Tenir un journal ou écrire ses Mémoires, à un certain âge, j'aimerais que l'État nous y contraignît : les matériaux accumulés au bout de trois ou quatre générations auraient une valeur inestimable; nombre de problèmes psychologiques et historiques seraient ainsi résolus. Il n'est Mémoires, en tout cas, fussent-ils écrits par des personnes insignifiantes, qui ne renferment des enseignements sociaux et pittoresques de premier ordre.

L'intérêt extraordinaire qu'éveillent les romans de De Foë tient au fait qu'il s'agit presque de journaux intimes, apocryphes certes, mais non moins géniaux. Imaginez ce que donneraient des témoignages authentiques! Songez à ce que serait le journal d'une entremetteuse parisienne sous la Régence ou les souvenirs du valet de chambre de Byron pendant la période vénitienne !

Mais je ne saurais être d'accord avec Stendhal sur la

« tonalité » du souvenir. Il voit dans son enfance une période où il fut contraint de subir la tyrannie et l'arbitraire. Pour moi, l'enfance est un paradis perdu. Tous étaient bons à mon égard; j'étais le roi de la maison. Même ceux qui me furent par la suite hostiles étaient alors « aux petits soins ».

Que le lecteur (il n'y en aura pas) s'attende donc à une promenade dans un Paradis terrestre et perdu. S'y ennuiera-t-il ? Peu m'importe.

CHAPITRE II

CASA LAMPEDUSA

Tout d'abord, notre maison. Je l'aimais éperdument, et continue de l'aimer alors que, depuis douze ans, elle n'est plus qu'un souvenir. Peu de mois avant qu'elle ne soit détruite, je dormais encore dans la chambre où je suis né, à quatre mètres de l'endroit qu'occupait le lit de ma mère en couches; et la certitude de pouvoir mourir là, sous ce toit, dans cette chambre, me souriait. Mes autres demeures (peu nombreuses, du reste, à part les hôtels) ont été de simples hâvres, destinés à m'abriter de la pluie ou du soleil, non des maisons dans le sens archaïque et vénérable du terme.

Il me sera donc douloureux d'évoquer l'aimée disparue, jeune toujours et belle, sous l'aspect qui fut le sien jusqu'en 1929 et qu'elle conserva malgré tout jusqu'au 5 avril 1943, lorsque les bombardiers venus d'outre océan s'acharnèrent à la détruire.

Ce qui d'emblée me vient à l'esprit, c'est l'ampleur de ses proportions. Il ne s'agit pas là du grossissement imposé par l'enfance à tout ce qui l'entoure, mais bien d'un fait concret. Quand je la revis, réduite à un affreux champ de ruines, elle couvrait près de seize cents mètres carrés. Une des ailes occupée par nous, l'autre par mes grands-parents paternels, mes oncles célibataires logés au deuxième étage, elle était restée à mon entière disposition vingt années durant, avec ses trois cours, ses quatre terrasses, son jardin, ses escaliers immenses, ses galeries, ses couloirs, ses écuries, les petits entresols réservés au personnel et à l'intendance — véritable royaume pour un enfant seul, royaume tour à tour désert ou peuplé de visages uniquement affectueux.

Nulle part au monde, j'en suis sûr, et jamais, le ciel ne s'est déployé aussi intensément bleu qu'au-dessus de notre terrasse intérieure; jamais soleil n'a dardé de rayons aussi tendres que ceux qui pénétraient à travers les persiennes mi-closes du « salon vert »; jamais taches d'humidité sur les murs des cours n'ont offert à la rêverie formes plus excitantes que dans notre maison.

Tout en elle continue à me plaire : l'asymétrie des murs, la multiplicité des pièces, les stucs des plafonds, la mauvaise odeur de la cuisine chez mes grands-parents, le parfum de violette du cabinet de toilette de ma mère, la touffeur des écuries, la sellerie fleurant bon le cuir propre, le mystère de certains appartements inachevés du dernier étage, l'immensité des remises; un univers rempli de charmantes énigmes, de surprises sans cesse renouvelées et toujours tendres.

J'étais le maître absolu de ces vastes espaces que je parcourais sans arrêt, grimpant par le grand escalier de la cour à la loggia, située sur la toiture : de là on découvrait la mer, le Monte Pellegrino et la ville entière, jusqu'à Porta Nuova, jusqu'à Monreale. Et comme je savais éviter, par d'opportuns détours et volte-face, les pièces habitées, je jouissais d'une solitude où je me sentais dictateur, n'ayant d'autre compagnie, souvent, que celle de mon ami Tom qui gambadait, surexcité, sur mes talons, langue pendante et rouge hors du cher museau noir.

La maison (je préfère ce terme à celui de palais dont on affuble aujourd'hui des phalanstères de quinze étages) se cachait au fond d'une des rues les plus reculées de la vieille Palerme : Via Lampedusa, au numéro 17. Ce chiffre, lourd de mauvais présages, agrémentait d'une petite saveur sinistre la joie que notre demeure savait dispenser. (Quand les écuries furent transformées en magasins et que nous demandâmes à changer de numéro, obtenant le 23, le bon temps tirait à sa fin. Somme toute, le numéro 17 avait été plus bénéfique.)

C'était une rue écartée mais point trop étroite et assez bien pavée; en outre, contrairement à ce qu'on pourrait supposer, elle n'avait rien de sale : car en face de chez nous et sur toute la longueur de l'édifice, s'étendait le vieux palais Pietrapersia qui ne comportait au rez-de-chaussée ni boutiques ni appartements; il se contentait d'offrir une façade austère mais propre, blanche et jaune, comme il se doit, trouée par de nombreuses fenêtres aux grilles énormes qui lui conféraient l'aspect digne et triste d'un ancien couvent ou d'une Maison d'arrêt. Plusieurs de ces pesantes grilles furent projetées par le souffle des bombes dans nos appartements, avec quelles heureuses conséquences, on l'imagine, pour les stucs d'époque et les lustres de Murano.

Toutefois, si la rue Lampedusa, du moins le long de notre maison, était décente, il en allait autrement pour les voies d'accès : la Via Bara all'Olivella, qui débouchait sur la place Massimo, grouillait de misère, de mendiants, et la parcourir ne réjouissait guère. Elle s'améliora quelque peu lorsque la Via Roma fut percée, mais il y eut toujours un bon bout de chemin à faire parmi les immondices et les horreurs.

Notre façade n'avait rien de très remarquable sur le plan architectural : blanche, ses ouvertures ornées de larges encadrements jaune soufre, elle restait en somme dans le plus pur style sicilien des XVIIe et XVIIIe siècles. L'édifice longeait la Via Lampedusa sur une soixantaine de mètres et avait neuf grands balcons sur la rue. Presque aux angles de la façade s'ouvraient deux portes cochères extrêmement larges, comme on les faisait jadis pour permettre aux voitures de virer malgré l'étroitesse des rues. Le fait est que les attelages à quatre, conduits avec maestria par mon père les jours de courses au galop à la Favorita, y tournaient aisément.

Une fois franchi le portail que l'on utilisait d'ordinaire, on trouvait, juste en face de l'escalier, un portique : les colonnes en belle pierre grise de Billiemi supportaient un *tocchetto* ou galerie. Devant le visiteur s'étendait la grande cour pavée, partagée en quartiers par des rangées de dalles. Trois arcades la fermaient, également soutenues par des colonnes en Billiemi, et surmontées d'une terrasse qui reliait en cet endroit les deux ailes de l'édifice.

Le grand escalier, tout en Billiemi gris, était fort beau, avec ses deux volées d'une quinzaine de marches chacune, encaissées entre deux murs jaunes. Au départ de la seconde volée, sur un vaste palier oblong, s'ouvraient deux portes en acajou, une en face de chaque rampe, ornées de petits balcons dorés, « en poitrine d'oie ».

A l'entrée de l'escalier, du côté de la cour, pendait le cordon rouge d'une cloche : le concierge devait la faire tinter pour annoncer aux domestiques le retour des maîtres ou l'arrivée de visiteurs. Le nombre de ces coups de cloche — exécutés par les concierges d'une façon magistrale, en une série de tintements secs et espacés sans « drelin, drelin » superflus — était rigoureusement règlementé : quatre coups à l'arrivée de ma grand-mère la princesse, et deux pour ses visiteurs; trois pour ma mère la duchesse, un pour ses visiteurs. Cela n'allait pas sans malentendus, et parfois, lorsque ma mère, ma grand-mère et l'une de leurs amies rencontrée en route arrivaient dans la même voiture, il s'ensuivait un interminable concert de quatre plus trois plus deux coups. Mon grand-père et mon père, en revanche, entraient et sortaient sans qu'il fut besoin de tirer le cordon.

Au terme de la deuxième volée, on débouchait dans l'ample et lumineux *tocchetto*, c'est-à-dire dans un portique supérieur dont les baies, entre les colonnes, avaient été fermées pour des raisons de commodité par de grandes verrières losangées et opaques. Il n'y avait là que quelques meubles, de grands portraits d'ancêtres et, à main gauche, une longue table qui servait à déposer le courrier (c'est sur cette table que je découvris un jour une carte postale de Paris adressée à mon oncle, où une cocotte sans doute avait écrit : « *Dis à ton ami qu'il est un mufle* »). Venait ensuite une immense salle carrelée de marbre gris et blanc, dont les trois balcons donnaient sur la rue Lampedusa. Au grand regret de mes parents, la décoration de cette pièce était entièrement moderne : en 1848, une bombe avait détruit le beau plafond et endommagé irrémédiablement les peintures murales. On disait même qu'à la longue un joli figuier y avait pris racine. Refaite lors du mariage de mon grand-père, en 1866 ou 1867, elle était toute revêtue de stuc blanc, avec un lambris de marbre gris. C'était là que les domestiques se prélassaient sur leurs sièges en attendant de bondir au premier coup de cloche vers le *tocchetto*.

Une portière de tissu vert menait à l'antichambre qu'ornaient une tenture de soie grise et divers tableaux; six portraits d'ancêtres surmontaient le balcon et les deux portes. De cet endroit s'offrait au regard l'enfilade des salons situés en façade. Là commençait pour moi la magie des lumières, toujours si pleines de saveurs, si variées, fût-ce au cœur des rues les plus étroites, dans une ville au soleil ardent comme Palerme. Elles étaient parfois tamisées par les rideaux de soie des porte-fenêtres, ou au contraire s'exaltaient, renvoyées par la dorure d'un cadre, le damas jaune d'un fauteuil; il arrivait aussi, surtout pendant l'été, que les salons fussent plongés dans l'ombre, mais l'on percevait encore, à travers les persiennes closes, la puissante clarté qui régnait au dehors; ou bien c'était, selon l'heure, un seul rayon dardé, tel au mont Sinaï, et peuplé d'innombrables grains de poussière, qui s'en allait faire vibrer le ton des moquettes, uniformément rouge rubis. Ce sortilège d'incandescences et de couleurs n'a jamais cessé de m'envoûter. Et il m'advient parfois de retrouver au fond d'un vieux palais, dans une église, cette qualité lumineuse qui me serait par trop déchirante si je n'étais prêt à lui opposer d'emblée quelque *wicked joke*.

A l'antichambre succédait une pièce dite « du lambris », ornée jusqu'à mi-hauteur d'un revêtement en noyer sculpté; c'était ensuite le « salon du souper », aux murs tendus d'un tissu à fleurs orangé; ce tissu a en partie survécu et tapisse aujourd'hui la chambre de ma femme. Puis, à gauche, la grande salle de bal, avec ses carrelages émaillés, ses plafonds où de délicieuses fioritures jaune et or encadraient des scènes mythologiques : là se pressaient, pleines d'une vigueur rustique et à grand renfort de drapés, les divinités de l'Olympe.

Enfin, le boudoir de ma mère, superbe, avec son plafond décoré de motifs floraux et de ramages, vieux stucs teintés dont le dessin avait le galbe dru et la douceur exquise d'une musique de Mozart.

CHAPITRE III
LE VOYAGE

Mais la maison de Palerme disposait aussi de dépendances champêtres qui en multipliaient le charme. Elles étaient quatre : Santa Margherita Belice, la villa de Bagheria, le Palais de Torretta et la maison de campagne de Raitano. Il y avait en outre la maison de Palma et le château de Montechiaro, mais nous n'y allions jamais.

Notre préférée était Santa Margherita; même en hiver, nous y passions de longs mois. C'était une des plus belles maisons de campagne que j'aie jamais vues. Construite en 1680, elle avait été presque entièrement rebâtie vers 1810 par le prince Niccolo Filangeri di Cutò, père de mon bisaïeul paternel; ceci à l'occasion d'un très long séjour qu'y avaient effectué Ferdinand IV et Marie Caroline, contraints de résider en Sicile tandis que Murat régnait à Naples. Par la suite, loin de la laisser à l'abandon comme toutes les autres villas siciliennes, on l'avait sans cesse entretenue, restaurée, enrichie. Ma grand-mère Cutò, qui avait vécu à Paris jusqu'à sa vingtième année et n'éprouvait pas l'aversion du Sicule envers la campagne, y habitait presque sans interruption; elle l'avait dotée d'aménagements *up to date* (pour le Second Empire, bien entendu, mais le confort ne différait guère dès ce moment de celui que connut l'Europe jusqu'en 1914).

La saveur d'aventure, d'inexplicable, qui entre pour une bonne part dans mes souvenirs de Santa Margherita, commençait avec le voyage d'aller. L'entreprise était pleine d'inconfort et de charmes. Il n'y avait pas d'automobiles à l'époque : vers 1905, le seul véhicule de ce genre qui circulât à Palerme était l'« *Electrique* » de la vieille madame Giovanna Florio. Un train quittait la gare Lolli à cinq heures dix du matin. Il fallait donc se lever à trois heures et demie. Réveil toujours désagréable et pour moi d'autant plus néfaste qu'on avait coutume, quand j'avais mal au ventre, de m'administrer l'huile de ricin à cette heure là. Domestiques et cuisiniers étaient partis la veille. Nous montions dans deux landaus fermés : mon père, ma mère, la gouvernante et moi dans le premier; la femme de chambre de ma mère, Teresa ou Concettina, le comptable qui partait en vacances dans sa famille, et Paolo, le valet de chambre de mon père, dans le second. Une autre voiture suivait, il me semble, avec provisions et bagages.

Cela se passait en général vers la fin juin, et l'aube se levait déjà sur les rues désertes. Par la place Politeama et la Via Dante (alors Via Esposizione) nous arrivions à la gare et nous nous engouffrions dans le train de Trapani. Les wagons, à l'époque, étaient sans couloir, et partant démunis de toilettes : aussi, quand j'étais tout petit, fallait-il trimbaler à mon intention un affreux pot de chambre en céramique brunâtre, acheté pour la circonstance et que l'on jetait par la fenêtre avant d'arriver. Le contrôleur faisait son service agrippé le long des voitures : on voyait soudain surgir de l'extérieur une casquette galonnée et une main gantée de noir.

Des heures durant, nous traversions le paysage admirable et infiniment triste de la Sicile occidentale, encore tel, je crois, que l'avaient vu les garibaldiens à l'époque du débarquement : Carini, Cinisi, Zucco, Partinico. Puis la ligne côtoyait la mer, les voies semblaient reposer sur le sable. Un soleil déjà brûlant nous faisait mijoter dans notre boîte de fer et les gares ne laissaient espérer aucun rafraîchissement. On coupait ensuite vers l'intérieur, à travers des montagnes pierreuses et des champs de blé moissonnés, jaunes comme des crinières de lions. A onze heures, enfin, nous arrivions à Castelvetrano, qui n'avait rien en ce temps-là de la coquette et ambitieuse station d'aujourd'hui : un bourg lugubre, des égouts à ciel ouvert, des cochons qui se pavanaient dans la grand'rue; et des milliards de mouches. Devant la gare, qui rissolait depuis au moins six heures en plein soleil, nos voitures nous attendaient : deux landaus munis pour la circonstance de petits rideaux jaunes.

Le voyage reprenait à onze heures et demie. Jusqu'à Partanna et pendant une heure la route s'étendait, unie et facile, à travers de belles cultures; nous retrouvions au passage les lieux familiers, les deux têtes de nègres en majolique surmontant les pilastres d'entrée d'une villa, la croix de fer dressée sur les lieux d'un crime; mais, sous Partanna, le décor changeait : trois carabiniers à cheval (un brigadier et deux soldats) portant le couvre-nuque de toile blanche cher aux chevau-légers de Fattori[1], se présentaient pour nous escorter jusqu'à Santa Margherita. La route devenait montueuse tandis que se déployait alentour le paysage démesuré de la Sicile des grands fiefs, désolé, sans un souffle d'air, oppressé par un soleil de plomb. Nous cherchions un arbre pour déjeuner à l'ombre : il n'y avait que de maigres oliviers incapables d'offrir la moindre protection. On finissait quand même par découvrir une ferme abandonnée, presque en ruines, aux fenêtres jalousement closes. Nous faisions halte, alors, et mangions à l'ombre de cette masure : de bien bonnes choses la plupart du temps. Un peu à l'écart, les carabiniers, auxquels nous avions fait porter du pain, de la viande, du gâteau et des bouteilles, pique-niquaient avec entrain, déjà brûlés par le soleil. A la fin du repas, le brigadier s'approchait puis levait son verre. « En mon nom, au nom de mes hommes, je remercie Vos Excellences. » Et il lampait ce vin qui devait bien être arrivé à 40° au dessus de zéro.

L'un des carabiniers, cependant, était resté debout et tournait, circonspect, autour de la maison.

On remontait en voiture. Deux heures : le moment le plus atroce dans la campagne sicilienne, les jours d'été. Nous allions au pas. La descente vers le Belice s'amorçait. Tous gardaient le silence, et sur le contre-

1. Peintre de batailles et paysagiste (1825-1908).

point des sabots on entendait seulement un carabinier chantonner : « *L'Espagnole sait aimer comme ça.* » Epaisse, la poussière montait. Après la traversée du Belice, un vrai fleuve pour la Sicile, et qui avait même de l'eau, commençait, toujours au pas, une ascension interminable : les lacets succédaient aux lacets, éternellement, dans un paysage calciné.

Cela, qui semblait ne plus devoir finir, avait pourtant un terme. Arrivés au sommet, les chevaux faisaient halte, tout fumants de sueur; les carabiniers mettaient pied à terre et nous descendions nous aussi pour nous dégourdir les jambes. Ensuite on repartait au trot.

Déjà ma mère me prévenait : « Fais attention, maintenant. A gauche, tu verras bientôt la Venaria. »

De fait, arrivés sur un pont, nous apercevions enfin à main gauche quelque verdure, des bouquets de roseaux et même une orangeraie. C'étaient les Dàgari, la première des propriétés Cutò. Et derrière les Dàgari, une colline abrupte se dressait, barrée jusqu'au faîte par une large allée de cyprès menant à notre pavillon de chasse : la Venaria.

Nous n'étions plus très loin. Toute à son amour pour Santa Margherita, ma mère ne tenait plus en place et allait d'une portière à l'autre : « Nous sommes presque à Montevago ! » « Nous y voici ! » On traversait en effet Montevago, première agglomération après quatre heures de route. Mais quel spectacle ! De grandes rues désertes, des maisons implacablement écrasées de misère et de soleil. Et il n'y avait âme qui vive. Quelques cochons. Le cadavre d'un chat.

Passé Montevago, cependant, tout allait mieux. La route se faisait droite et unie, le paysage riant. « Voici la villa de Z. ! » « Voici la Madone des Grâces et ses cyprès ! » Et ma mère saluait tout joyeusement, jusqu'au cimetière. Enfin la Madone de Trapani. « Nous y voilà, c'est le pont ! »

Il était cinq heures du soir. Le voyage durait depuis douze heures. Aligné sur le pont, l'orphéon municipal attaquait une impétueuse polka. De notre côté, les cils blancs de poussière, la gorge sèche, nous nous efforcions de remercier et de sourire. Un bref parcours à travers les rues, puis nous débouchions sur la place, nous retrouvions les lignes gracieuses de la villa, nous franchissions le seuil : une première cour, la voûte, une deuxième cour. Le voyage se terminait. Au pied de l'escalier, la « maisonnée » nous souhaitait la bienvenue, conduite par notre irremplaçable intendant, minuscule sous sa barbe blanche et flanqué d'une imposante épouse. « Que nous sommes heureux d'être enfin arrivés. »

Là-haut nous attendaient des *granite* au citron, exécrables et néanmoins providentielles. En ce qui me concerne, traîné jusqu'à ma chambre par Anna, j'étais plongé malgré moi dans un bain tiède, dû aux bons soins, toujours, de l'intendant irréprochable, tandis que mes infortunés parents affrontaient la vague des connaissances qui commençaient à déferler.

CHAPITRE IV

LA MAISON

Situé au centre même du bourg, sur la place ombragée, le bâtiment couvrait une étendue considérable et comptait une centaine de pièces plus ou moins grandes. Il faisait penser à une sorte d'ensemble clos et autonome, une espèce de Vatican, disons, avec des appartements d'apparât, des pièces de séjour, une *foresteria*[1] pour trente personnes, des logements destinés aux domestiques, trois cours immenses, des écuries, des remises, un théâtre et une église privés, le tout agrémenté d'un énorme, d'un superbe jardin complété par un potager.

Et quelles pièces! Le prince Niccolo Filangeri di Cutò avait eu le bon goût, rarissime à son époque, de préserver les salons XVIIIe siècle. Chaque porte du grand appartement était encadrée, des deux côtés, par de fantasques enjolivures de marbres gris, noirs ou rouges, dont les dissymétries harmonieuses faisaient une joyeuse fanfare lorsqu'on passait d'une pièce à l'autre. Dans la seconde cour, un large escalier à balustrade de marbre vert, d'une seule volée, conduisait

1. Appartements réservés aux hôtes.

sur une terrasse où s'ouvrait la grande porte d'entrée, surmontée de la croix campanée.

On pénétrait ainsi dans la colossale antichambre aux murs entièrement couverts par une double rangée de tableaux superposés : les Filangeri, de 1080 à mon bisaïeul, portraiturés en pied, grandeur nature, sous les aspects les plus divers, du croisé au gentilhomme de chambre de Ferdinand II; malgré l'extrême médiocrité de leur facture, ces tableaux emplissaient l'immense pièce d'une présence vivante et familière. Sous chacun d'eux, un écriteau portait en lettres blanches sur fond noir les noms, les titres et les exploits : « Riccardo, défendit Antioche contre les Infidèles. » « Raimondo, blessé en défendant Saint-Jean-d'Acre. » Un autre Riccardo, « principal artisan de la révolte sicule », (autrement dit, des Vêpres siciliennes). Niccolo I « à la tête de deux régiments de hussards, s'élança contre les hordes gauloises, en l'an 1796 ».

Aux angles, quatre statues de bronze, figurant des guerriers en armure, concession au goût de l'époque, portaient haut et fier une simple lampe à pétrole. Au plafond, Jupiter, entouré d'un nuage pourpré, donnait sa bénédiction à Roger près de quitter sa Normandie natale pour cingler vers la Sicile; tritons et nymphes marines folâtraient autour des galions qui s'apprêtaient à faire voile sur des flots nacrés.

Au delà de cet orgueilleux prélude, la maison n'était plus que grâces et minauderies, ou mieux, son orgueil se voilait de mollesse, comme celui d'un aristocrate s'enrobe de courtoisie. La bibliothèque était rangée dans des armoires d'un XVIIIe sicilien fort savoureux, dit « style de la Badia », assez semblable au vénitien fleuri, mais en plus rude et moins sucré. Presque uniquement des ouvrages du siècle des Lumières, aux reliures fauves et dorées : *l'Encyclopédie,* Fontenelle, Helvétius, Voltaire dans la grande édition de Kehl (qu'avait dû penser Marie Caroline, si elle l'avait ouvert ?); puis *Victoires et conquêtes,* recueil de bulletins et communiqués de guerre napoléoniens qui faisaient mes délices. Je passais de longs après-midi d'été, imprégnés de silence, à les lire, étendu à plat ventre sur l'un des poufs démesurés qu'on plaçait au centre de la salle de bal. Une bien curieuse bibliothèque en vérité, si l'on songe qu'elle fut constituée par le prince Niccolò, qui était un réactionnaire. On y trouvait aussi des recueils reliés de journaux satiriques du Risorgimento : le *Fischietto* et le *Spirito Folletto ;* quelque superbe édition de Don Quichotte et de La Fontaine; la précieuse histoire de Napoléon, si joliment illustrée par Norvins (ce livre-ci, je l'ai encore); enfin, parmi les modernes, les œuvres complètes — ou presque — de Zola, dont les couvertures jaunes s'affirmaient avec insolence dans cette ambiance *mellow,* plus quelques autres romans « de bas-étage », mais aussi les *Malavoglia,* avec une dédicace de l'auteur.

Suis-je parvenu à donner une idée du petit garçon que j'étais, amoureux de la solitude et préférant de beaucoup la fréquentation des choses à celle des personnes ? Si oui, on comprendra aisément que la vie à Santa Margherita représentait pour moi l'idéal. J'errais dans l'immensité ornée de cette maison comme au cœur d'une forêt enchantée. Forêt sans caverne au dragon, et peuplée de riantes merveilles, jusque dans les noms joyeux que portaient les pièces. La « chambre des paradisiers », toute tapissée de soie grège, au blanc rugueux, où, parmi les mille et un entrelacs des branchages en fleur, resplendissaient, peints à la main, des oisillons multicolores. La « chambre des ouistitis », où, parmi les mêmes arbres tropicaux, se balançaient des singes fort poilus et très malicieux. Les « chambres de Ferdinand », qui avaient d'abord évoqué à mes yeux l'image blonde et souriante de mon oncle, avaient en fait servi d'appartement privé au rigolard et cruel roi « gros nez »; à preuve, l'énorme lit bateau de style empire, recouvert par une de ces chapes en maroquin qui semblent avoir remplacé les couvertures sur les lits royaux : le maroquin vert portait en semis serré les triples lys dorés des Bourbons et ressemblait à une gigantesque reliure. Les murs étaient tendus d'une soie verte au ton plus clair, avec des bandes verticales, alternativement brillantes et mates — ces dernières à fines rayures, — identique à celle du salon vert de Palerme. La « salle des tapisseries », enfin, à laquelle, et ce fut la seule, se rattacha ensuite une idée quelque peu sinistre : elle s'ornait de huit grandes verdures inspirées de *la Jérusalem délivrée*. Sur une de ces tentures, le duel équestre de Tancrède et d'Argante, un des chevaux avait un regard étrangement humain, regard que je devais associer par la suite au *Metzengerstein* d'Edgar Poe. Cette verdure est toujours en ma possession.

Nous avions l'habitude étrange de passer nos soirées dans la salle de bal, pièce centrale du premier étage, dont huit balcons donnaient sur la place et quatre sur la première cour. Elle rappelait assez la salle de bal de notre maison de Palerme : ici encore l'or constituait la note dominante. La tapisserie vert tendre était presque entièrement couverte de feuilles et de fleurs brodées à la main, le tout en or fin et mat. Quant aux soubassements de bois et aux volets, énormes comme des portes d'entrée, ils étaient décorés de dorures très brillantes. Lors des soirées d'hiver (nous passâmes en effet deux hivers à Santa Margherita que ma mère ne voulait plus quitter), assis devant la cheminée centrale, à la lueur de quelques lampes à pétrole dont la lumière ricochait capricieusement sur les fleurs de la tapisserie et sur les chambranles, nous avions l'impression d'être enfermés dans un écrin de fées. Je puis même préciser la date d'une de ces soirées; car il me souvient qu'on apporta des journaux annonçant la chute de Port-Arthur.

Ces soirées n'étaient pas uniquement réservées à la famille; elles ne l'étaient même presque jamais. Ma mère tenait à perpétuer les traditions de ses parents et à entretenir des relations cordiales avec les notabilités du lieu. Nombre de ces personnes dînaient donc chez nous à tour de rôle et s'y réunissaient deux fois par semaine pour jouer aux cartes, justement dans la salle de bal. Ma mère les connaissait depuis son enfance et les aimait bien. Tous passaient à mes yeux, peut-être à tort, pour de braves gens. Il y avait entre autres un Palermitain que sa misérable condition financière avait contraint d'émigrer à Santa Margherita, où il possédait une minuscule maison et un terrain plus minuscule encore; grand chasseur, il avait été un des amis fervents de mon grand-père maternel et jouissait d'un traitement de faveur : je crois bien qu'il déjeunait chez nous tous les jours et il était le seul à tutoyer ma mère, qui en revanche lui donnait du *Lei*. C'était un petit vieux sec et droit, aux yeux bleus, à la longue moustache blanche, très distingué et même portant beau dans ses costumes élimés de bonne coupe. Je suppose aujourd'hui qu'il devait s'agir d'un bâtard de la maison Cutò, autrement dit, d'un oncle de ma mère. Il jouait du piano et racontait monts et merveilles sur les parties de chasse qu'il avait faites à travers bois en compagnie de mon grand-père; sur le flair prodigieux de ses chiennes (Diana et Furetta); sur leurs rencontres palpitantes, mais toujours inoffensives, avec les bandes des brigands Leone ou Capraro. On voyait encore chez nous Y., propriétaire local à la pétulance incurable, tenu pour le grand viveur du bourg parce que chaque année il passait deux mois à Palerme et y descendait dans un hôtel jugé *fast*.

Et puis aussi cet ancien employé qui parlait toujours de Viterbe (« Vous comprenez, duchesse, Viterbe, c'est presque Rome ») où il avait dû faire un stage de quelques mois. Et R., au gros visage rubicond, nanti de favoris à la François-Joseph, qui vivait avec une parente folle (à bien connaître un village sicilien, on y découvre quantité de fous); le maître d'école, barbu comme Moïse; un autre gros propriétaire, vrai type de hobereau, obtus et grossier; Giorgio di Giuseppe, l'intellectuel de la compagnie, qu'on pouvait entendre, en passant le soir sous ses fenêtres, jouer au piano les *Nocturnes* de Chopin; B., débordant de graisse et d'esprit; un ingénieur catanais qui portait un bouc noir, avait fait ses études à Paris et parlait souvent de la rue Daru, où lui étaient arrivées d'extraordinaires aventures; un très vieil homme, paysan à peine dégrossi; le jeune Féfé, illustre mangeur; et bien d'autres encore, que l'on voyait moins souvent.

A noter qu'il s'agissait uniquement de représentants du sexe masculin. Les épouses, les filles, les sœurs restaient à la maison, soit parce que les femmes, dans les bourgs et les villages (entre 1905 et 1914), ne rendaient pas visite, soit parce que les maris, les pères ou les frères ne tenaient pas du tout à s'en embarrasser. Ma mère et mon père allaient donc voir ces dames une fois par saison. Il leur arrivait aussi de déjeuner chez l'une d'elles, célèbre pour ses vertus gastronomiques. Certains jours, après un savant système de préavis et de signaux, cette même dame nous faisait apporter par un garçonnet qui traversait la place au galop, sous un soleil aveuglant, une immense soupière remplie de *maccheroni di zito* préparés à la sicilienne, avec de la viande hachée, des aubergines et du basilic, vraie nourriture de dieux rustiques et primitifs, que je n'ai jamais oubliée. Le gamin avait l'ordre exprès de poser le récipient sur la table de la salle à manger lorsque déjà nous étions assis, et il ne manquait pas d'ajouter, avant de repartir : « Madame a dit : Je recommande le *cascavaddu* [1] », exhortation pertinente sans doute, mais qui demeura toujours lettre morte.

1. Fromage de lait de jument dont on assaisonne les macaronis.

CHAPITRE V

Au milieu de la cour, en laissant sur la droite les écuries et le manège, se dressaient deux grands pilastres de pierre jaune et poreuse, ornés de mascarons et d'arabesques. Là commençaient les escaliers qui descendaient vers le jardin. Chaque volée comptait au plus une dizaine de marches, mais l'imagination endiablée de l'architecte baroque avait trouvé moyen de s'y donner libre cours : degrés de hauteur inégale, rampes aux détours inattendus, paliers superflus dotés de niches et de bancs, tout concourait à former, malgré la dénivellation réduite, un système de convergences et de divergences, de brusques bouderies et d'heureuses rencontres, qui donnait à ces escaliers l'air d'une dispute d'amants.

Le jardin, comme tant d'autres en Sicile, était dessiné en contrebas de l'édifice, sans doute pour utiliser la source qui s'y trouvait. Il était très vaste et, en dépit du réseau complexe de ses petites et grandes allées, d'une parfaite régularité quand on le contemplait de la maison. Planté de chênes verts et d'araucarias, ses allées bordées par des haies de myrtilles, il se muait dans la fureur du plein été, lorsque le jet d'eau s'essoufflait, en un paradis de senteurs, parfums brûlés de la marjolaine et de la cataire ; à l'instar de nombreux parcs siciliens qui semblent faits davantage pour les plaisirs de l'odorat que pour ceux de la vue.

Seule la longue allée bordant les quatre côtés du jardin comportait des lignes droites; ailleurs, le dessinateur (vu son inspiration fantasque, ce ne pouvait être que l'architecte de l'escalier) avait multiplié détours, méandres et recoins, donnant au parc cet air de grâcieux mystère qui caractérisait la maison. Toutes ces traverses finissaient cependant par aboutir au rond-point central, où l'on avait jadis trouvé la source. Enfermée dans une prison décorative, celle-ci égayait à présent de ses jets d'eau la grande fontaine où, juchée sur un îlot de fausses ruines, demie-nue, échevelée, la déesse Abondance déversait des trombes d'eau dans un bassin profond et parcouru de vagues amicales. Alentour courait une balustrade que surmontaient çà et là tritons et néréides, prêts à plonger, l'apparent désordre des attitudes trouvant sa raison d'être dans l'équilibre de l'ensemble. Tout autour de la fontaine, des bancs de pierre, noircis par les mousses du temps.

Mais le jardin offrait encore d'innombrables surprises à mes yeux d'enfant. Il y avait dans un coin une grande serre, pleine de cactées et d'arbustes rares : royaume de Nino, chef jardinier et mon grand ami, roux comme le sont nombre de Margaritains, vraisemblable héritage des Filangeri normands. Puis le bosquet des bambous, qui poussaient robustes et touffus autour d'une fontaine secondaire, et à l'ombre desquels s'étendait le terrain de jeux. Là se trouvait la balançoire d'où Pietro Scalea, futur ministre de la guerre, était tombé un jour (bien avant ma naissance) se cassant un bras. On rencontrait encore, au bord d'une des allées latérales, encastrée dans le mur d'enceinte, une grande cage autrefois destinée à des singes et où ma cousine et moi nous nous enfermâmes, un dimanche matin, alors que le parc, justement, était ouvert aux promeneurs : ceux-ci s'arrêtèrent muets de stupéfaction, perplexes devant ces guenons travesties. Il y avait aussi la « maison de poupées », construite pour les jeux de ma mère et de ses quatre sœurs; toute en briques rouges, des encadrements de grès bleu aux fenêtres, elle était désormais, avec son toit défoncé, les parquets de ses deux étages effondrés, la seule note de désolation dans ce vaste jardin que Nino soignait de façon admirable, et où chaque arbre était émondé, chaque allée sablée de jaune, la moindre haie taillée.

Tous les quinze jours, une charrette arrivait du Belice, qui n'était pas très éloigné, avec un grand tonneau plein d'anguilles. On versait le contenu dans la « fontaine aux bambous », promue au rang de vivier, et le chef cuisinier faisait ensuite pêcher les anguilles avec des épuisettes, selon les besoins de la table.

Sans cesse, au détour des allées, se dressaient les bustes d'obscures divinités, immanquablement privées d'appendice nasal. En outre, comme dans tout Eden qui se respecte, il y avait un serpent tapi au cœur de l'ombre, sous la forme d'arbustes de ricins (fort beaux du reste, avec leurs longues feuilles vertes bordées de rouge). Ces ricins me procurèrent un jour une horrible surprise : comme j'écrasais les grains d'une belle grappe vermeille, je sentis soudain se répandre l'odeur de cette huile qui était, en cet âge heureux, le seul vrai point noir de ma vie.

Jardin plein de surprises, ai-je dit. Mais toute Santa Margherita l'était, avec ses pièges ravissants. Ouvrait-on la porte d'un couloir, que s'offraient à la vue des pièces en enfilade, plongées dans la pénombre des persiennes mi-closes, où des séries d'estampes françaises illustraient les campagnes de Bonaparte en Italie; au sommet de l'escalier qui menait au deuxième étage, une porte presque invisible, tant elle était étroite et se confondait avec le mur, donnait sur une grande salle dont les murs disparaissaient littéralement sous des tableaux anciens, comme on le peut voir sur les estampes du Salon de Paris au XVIIIe siècle. Un des portraits d'ancêtres de l'antichambre, enfin, était mobile et permettait d'accéder aux cabinets de chasse aménagés par mon grand-père, grand chasseur devant l'Eternel.

Les trophées, enfermés dans des vitrines, étaient uniquement siciliens : perdrix, bécasses au regard éploré, foulques du Belice; mais le comptoir, avec ses balances et ses mesures pour la poudre, les armoires vitrées remplies de cartouches multicolores, les gravures en couleur témoignant de périlleuses aventures (je vois encore un explorateur barbu et vêtu de blanc fuir en hurlant le rhinocéros verdâtre qui le charge) enchantaient mon adolescence. Il y avait aussi des gravures et des photographies de braques, de pointers, de setters, d'où émanait l'apaisante douceur de toute présence canine. Quant aux fusils, ils étaient rangés dans de grands râteliers et portaient une étiquette numérotée qui renvoyait à un registre où se trouvaient dénombrés les coups tirés par chaque arme. Ce fut avec l'un de ces fusils, je crois un modèle pour dame, à deux canons, richement damasquiné, que je brûlai un jour dans le jardin les premières et dernières cartouches de ma carrière cynégétique : un de nos gardes barbus me contraignit en effet à tirer sur une volée d'innocents rouges-gorges; par malheur, deux furent touchés. Ils tombèrent, leurs petites plumes grises et tièdes tachées de sang. Et comme ils palpitaient encore, le garde leur broya la tête entre ses doigts.

Malgré mes lectures de *Victoires et Conquêtes,* malgré « *l'épée de l'intrépide général rougie du sang des ennemis de l'Empire* », cette scène me fit horreur; sans doute n'aimais-je le sang que sous forme d'encre d'imprimerie. J'allai droit chez mon père, qui avait ordonné ce massacre des Innocents, et lui déclarai tout net que je ne tirerais plus sur personne.

Dix ans plus tard, il me fallut tuer un Bosniaque d'un coup de pistolet et Dieu sait combien d'autres chrétiens à coups de canon. Mais je ne ressentis pas le dixième de l'impression que m'avaient fait éprouver les deux infortunés rouges-gorges.

Je fis flairer ma main graisseuse au cher barbet Tom qui m'accompagnait, et je vois encore la façon aimable et chargée de reproches qu'il eut pour retrousser à demi sa babine noire : geste de tous les chiens bien élevés qui entendent exprimer leur dégoût sans trop offenser leur maître.

Il y avait une « chambre aux carrosses », grande salle obscure où étaient remisées deux immenses voitures du XVIIIe siècle. Le carrosse de gala, tout vitres et dorures, ses portières décorées de « bergeries » au vernis Martin sur fond jaune; au moins six personnes pouvaient tenir sur ses sièges doublés d'un taffetas désormais passé. Le carrosse de voyage, vert olive, avec des filets dorés, et des portières ornées de l'écusson; des coffres capitonnés étaient ménagés sous les sièges, destinés, je crois, aux provisions de bouche; seule y demeurait, solitaire, une assiette en argent.

Venait ensuite « la cuisine des fillettes », avec un âtre miniature et une batterie de cuisine en cuivre, de mêmes proportions, que ma grand-mère avait fait installer dans l'espoir, vain hélas, d'inculquer l'art culinaire à ses filles.

Puis c'étaient l'église, le théâtre et les fabuleux couloirs qui y conduisaient, mais je parlerai de cela plus loin.

Parmi tant de splendeurs, je dormais dans une chambre dépourvue de tout ornement. Elle donnait sur le jardin et s'appelait la « chambre rose » du fait de son stucage rose brillant; d'un côté s'ouvrait le cabinet de toilette, doté d'une étrange baignoire en cuivre, ovale et montée sur quatre grands pieds de bois : je me souviens des bains que j'y prenais, additionnés d'amidon ou de son, ce dernier enfermé dans un sachet qui se détrempait en laissant échapper un liquide laiteux et odorant. De toute évidence, l'usage de ces *bains de son,* auxquels se réfèrent parfois les Mémoires du Second Empire, s'était transmis de ma grand-mère à ma mère.

Dans une chambre attenante, identique à la mienne, mais en bleu, dormirent tour à tour mes gouvernantes allemandes et mes *demoiselles* françaises. A mon chevet était suspendue une sorte de petite vitrine Louis XVI, en bois blanc, qui renfermait trois statuettes d'ivoire, la Sainte Famille, sur fond cramoisi. Sauvé par miracle, cet objet est de nouveau suspendu à la tête de mon lit, dans la villa de mes cousins Piccolo, à Capo d'Orlando. Villa où je retrouve, outre la Sainte Famille de mon enfance, une trace affaiblie et néanmoins ineffaçable de mes premières années. Et c'est pourquoi y séjourner m'enchante.

CHAPITRE VI
L'ÉGLISE ET LE THÉATRE

Nous avions aussi notre église, qui tenait lieu de cathédrale à Santa Margherita. De la chambre aux carrosses, après avoir tourné à gauche et gravi une marche, on découvrait un large couloir qui aboutissait à la salle d'études, sorte de classe avec pupitres, tableaux noirs et cartes en relief, où ma mère et mes tantes avaient reçu leurs premières leçons.

Ce fut à Santa Margherita qu'ayant atteint l'âge — plutôt avancé — de huit ans, j'appris enfin à lire. Auparavant, on me faisait des lectures : le mardi, le jeudi et le samedi étaient réservés à l'Histoire Sainte et à une sorte de résumé de la Bible et des Évangiles; le lundi, le mercredi et le vendredi... à la mythologie classique. J'ai pu ainsi acquérir de solides connaissances dans ces deux disciplines, et suis encore en mesure de dire qui et combien étaient les frères de Joseph, ou de me tirer avec honneur du guêpier familial des Atrides. Avant même que je sache lire, ma grand-mère paternelle s'était vue contrainte par sa propre bonté de me lire durant une heure *la Reine des Caraïbes* de Salgari, et je la vois encore lutter contre le sommeil pendant qu'elle me contait les aventures du Corsaire Noir et les rodomontades de Carmaux.

On décréta un beau jour que cette culture religieuse, classique et romanesque, vicarialement dispensée, ne pouvait durer plus longtemps, et la décision fut prise de me confier aux bons soins de donna Carmela, une institutrice du bourg. Les institutrices sont aujourd'hui des demoiselles éveillées, élégantes, qui vous parlent des systèmes pédagogiques de Pestalozzi ou de James et se font appeler « professeur ». En 1905, en Sicile, une institutrice était une petite vieille, plus qu'à moitié paysanne, portant lunettes et coiffée d'un fichu noir; en revanche, elle enseignait à la perfection; deux mois plus tard, je savais lire, écrire et n'éprouvais plus le moindre doute quant aux doubles consonnes et aux syllabes accentuées. Des semaines durant, dans la « chambre bleue » (que seul un couloir séparait de ma chambre rose) je dus faire des dictées syllabées, c'est-à-dire des dic-tées syl-la-bées, et répéter des dizaines de fois : « Di, do, da, fo, fa, fu, qui et qua ne sont jamais accentués. » Saintes fatigues au demeurant.

Lorsque je sus écrire l'italien, ma mère m'apprit à écrire le français : je le parlais déjà, j'étais allé souvent à Paris et en France; mais ce fut alors seulement que j'appris à le lire. Je vois encore ma mère s'asseoir près de moi, devant un pupitre, pour calligraphier posément « *le chien, le chat, le cheval* », dans la marge d'un cahier à couverture d'un bleu luisant, et m'expliquer que le « ch » français, correspond au

« sc » italien de *scirocco* et *sciacca*. Dès lors, et jusqu'à ma rentrée au lycée, je passai tous les après-midi à lire, assis derrière un paravent, dans le salon de mes grands-parents paternels, rue Lampedusa. A cinq heures, mon grand-père me faisait venir dans son bureau pour me donner le goûter : un bout de pain rassis et un grand verre d'eau fraîche, qui est restée jusqu'à présent ma boisson préférée.

Il y avait, à droite de la chambre aux carrosses, entre deux consoles blanches, une grande porte jaune. Elle ouvrait sur une petite pièce oblongue où se trouvaient des chaises et plusieurs étagères surchargées de saintes images; entre autres un grand plateau en céramique avec au centre la tête coupée de saint Jean, grandeur nature, sur un fond de sang caillé. Cette pièce donnait accès à la tribune qui surplombait directement le maître-autel et s'ornait d'une fort belle balustrade en fer, à fioritures dorées. On y voyait des prie-Dieu, des chaises et d'innombrables chapelets. C'est de là, au niveau d'un grand premier étage que, chaque dimanche, nous assistions à la messe de onze heures, chantée sans ferveur excessive. L'église était vaste et belle, de style Empire, avec de grandes fresques fort laides, encadrées par les stucs blancs du plafond, comme dans l'église de l'Olivella à Palerme, qu'elle rappelait, mais en plus petit.

Toujours à partir de cette chambre aux carrosses

qui, je m'en aperçois à présent, était une sorte de plaque tournante pour les endroits les moins fréquentés de la maison, on traversait, en obliquant vers la droite, toute une série de salles, de réduits, de petits escaliers, qui donnaient un peu l'impression d'inextricable que procurent certains rêves, et on débouchait finalement dans le couloir du théâtre. Il s'agissait d'un véritable théâtre doté d'une double rangée de onze loges, plus un poulailler et, bien entendu, un parterre. La salle, qui comptait trois cents places, était entièrement blanche et or; on avait tendu les sièges et les cloisons des loges d'un velours bleu, assez clair. Le tout dans un style Louis XVI élégant et mesuré. Au centre, s'ouvrait l'équivalent de la loge royale, c'est-à-dire la nôtre, surmontée d'un énorme trophée de bois doré portant l'aigle bicéphale, avec, sur la poitrine, la croix campanée. Le rideau de scène, plus tardif, représentait la défense d'Antioche par Riccardo Filangeri. (Défense qui, selon Grousset, fut bien moins héroïque que le peintre ne le laissait croire.)

Sous la première rangée de loges, des appliques en saillie portaient les lampes à pétrole dorées qui éclairaient la salle.

Il faut ajouter que ce théâtre (qui disposait aussi, cela va sans dire, d'une entrée pour le public, sur la place) était souvent utilisé.

De temps en temps se présentait une troupe de comédiens ambulants; c'étaient des gens du voyage qui, pendant l'été surtout, se déplaçaient en charrettes d'un village à l'autre et s'arrêtaient deux ou trois jours pour donner des représentations. A Santa Margherita, puisqu'il y avait un vrai théâtre, ils prolongeaient leur séjour jusqu'à deux ou trois semaines.

A dix heures du matin, le chef de la troupe se présentait en redingote et huit reflets, et demandait la permission d'utiliser le théâtre; il était reçu par mon père ou, à défaut, par ma mère qui, naturellement, donnait son accord, refusait toute location (ou plutôt établissait un contrat sur la base fictive de cinquante centimes pour deux semaines), et payait en outre un abonnement pour notre loge. Après quoi le directeur prenait congé pour revenir une demie heure plus tard solliciter le prêt de quelques meubles. Ces troupes circulaient en effet avec une série de rideaux et chassis de toile peinte, mais sans mobilier, bagage trop coûteux et encombrant. Bref, les meubles étaient prêtés, et le soir venu, en spectateurs, nous pouvions reconnaître sur la scène nos fauteuils, nos guéridons et nos porte-manteaux (hélas, ce n'étaient jamais les meilleurs). Ils nous étaient en tout cas restitués très ponctuellement, au moment du départ, et une fois revernis avec un zèle si maladroit que nous dûmes prier les autres compagnies d'abandonner cette pratique aussi redoutable que bien intentionnée. Un jour, la jeune première elle-même se présenta. C'était une bonne grosse Ferraraise de trente ans qui devait interpréter, en soirée d'adieu, *la Dame aux Camélias*. Elle trouvait que sa propre garde-robe convenait mal à la solennité des circonstances et emprunta quelques toilettes de soirée à ma mère. Nous eûmes ainsi le privilège de voir Marguerite Gautier dans une robe vert nil, largement décolletée et pailletée d'argent.

Les troupes de comédiens ambulants ont disparu de nos campagnes, et c'est bien dommage. La mise en scène valait ce qu'elle valait; les acteurs, de toute évidence, étaient mauvais; mais ils avaient le feu sacré et une « présence » moins contestable que les ombres falotes des films de dernier ordre que l'on projette aujourd'hui dans ces mêmes villages.

On jouait tous les soirs, et le répertoire était singulièrement vaste; toute la production dramatique du XIXe y passait : Scribe, Rovetta, Sardou, Giacometti et jusqu'à Torelli. Un jour on donna même *Hamlet* : ce fut d'ailleurs la première fois que je vis la pièce. Quant au public, composé en majeure partie de paysans, il était attentif et ne ménageait pas ses applaudissements. A Santa Margherita, au moins, avec la scène et les accessoires gratuits, les attelages des chariots nourris et logés dans nos écuries, les troupes faisaient de bonnes recettes.

J'assistais à toutes les soirées, sauf à la « soirée noire », au cours de laquelle, une fois par saison, on jouait quelque *pochade* française réputée audacieuse. Le lendemain, nos amis venaient donner leurs impressions sur cette pièce libertine et se montraient en général plutôt déçus. Ils avaient imaginé bien pis.

Pour ma part, je m'amusais beaucoup, et mes parents de même. Aux meilleures troupes, à la fin de leur séjour, nous offrions dans le jardin une sorte de *garden-party* avec un buffet rustique mais copieux qui réjouissait les estomacs trop souvent vides, je le crains, de ces très estimables cabots.

Déjà, cependant, lors de mon dernier séjour prolongé à Santa Margherita, en 1921, les troupes de comédiens ne venaient plus. On projetait, par contre, de tremblotantes pellicules. La guerre avait tué, entre autres, la pittoresque misère du théâtre ambulant, dont l'utilité artistique était pourtant incontestable, et qui fut, il me semble, la pépinière des grands acteurs italiens du siècle passé, y compris Eleonora Duse.

CHAPITRE VII
LES PROMENADES

De toutes les promenades aux environs de Santa Margherita, celle de Montevago était la plus fréquente. Elle se déroulait en terrain plat, sur une distance convenable (près de trois kilomètres dans les deux sens), et puis elle avait un but, sinon attrayant, au moins précis : le bourg même de Montevago.

Une promenade nous menait du côté opposé, par la route provinciale, en direction de Misilbesi : on passait devant un énorme pin parasol, puis sur le pont de la Dragonara, qu'entourait à l'improviste une végétation sauvage et touffue, évoquant à mes yeux les scènes de l'Arioste telles que je les imaginais alors d'après les illustrations de Doré. En général, parvenus à Misilbesi, carrefour désolé où se dressait une vieille maison pustuleuse, et d'où trois chemins poudreux et déserts semblaient mener à l'Hadès plutôt que vers Sciacca ou Sambuca, nous revenions en voiture : les sept kilomètres prescrits étaient couverts depuis longtemps.

Pour éviter de nous dépasser, la voiture avait suivi au pas. Elle s'était même arrêtée de temps à autre et nous avait rejoints sans hâte, faisant ainsi alterner les silences, et les disparitions dans les virages, avec les crescendi de piétinants retours.

En automne, les promenades avaient pour but l'un ou l'autre vignoble. Là, assis sur des pierres, nous mangions des raisins très doux et maculés (des raisins de cuve, car en 1905 les raisins de table n'étaient guère cultivés dans le pays); nous pénétrions ensuite dans une pièce où régnait une demi-obscurité; au fond, un grand gaillard s'agitait comme un forcené au milieu d'une cuve, piétinant les grappes dont le jus verdâtre s'écoulait par une gouttière de bois, tandis que se répandait une pesante odeur de moût.

Dance, and provincial noisy and sunburnt mirth[1].

Non, pendant le travail, nulle *mirth*[2]; il n'en était pas question hier, il n'en est pas davantage question aujourd'hui, en Sicile; les ritournelles des vendangeuses toscanes, les moissons livoniennes ponctuées de banquets, de chansons et d'étreintes, sont ici choses inconnues; tout travail est *n'a camurria*, un coup monté, blasphématoire, contre l'éternel repos accordé par les dieux à nos *lotos-eaters*[3].

En automne, durant les après-midi pluvieux, la promenade s'arrêtait à la villa communale. Celle-ci se dressait en bordure nord du village, juste au sommet de l'escarpement qui donne sur la grande vallée est-

1. *Danse et vacarme provincial, et solaire gaîté*. Paraphrase d'un vers de l'*Ode à un rossignol* de Keats, qui parle de chants *provençaux*. (N. de l'E.)
2. *Mirth* : gaîté, joie.
3. *Lotos-eaters :* mangeurs de lotus ou lotophages (Tennyson).

ouest — peut-être l'axe principal de la Sicile et en tout cas un de ses rares traits géographiques bien marqués.

Cette villa, donnée à la commune par mon grand-père, était infiniment mélancolique : en suivant une assez longue allée, bordée de jeunes cyprès et de vieux chênes, on débouchait sur une esplanade avec, en face, une chapelle consacrée à la Madone de Trapani, au centre une pelouse hérissée de roseaux secs, jaunissants, et à gauche une sorte de kiosque-temple à coupole sphérique d'où l'on pouvait contempler le panorama.

Celui-ci en valait la peine. Devant s'étendait une immense ligne de montagnes basses et entièrement jaunies par les moissons, où les chaumes brûlés mettaient leurs taches noires : on pensait irrésistiblement à un énorme fauve couché. Sur le flanc de l'animal, lionne ou hyène au gré du spectateur, on distinguait non sans mal des villages, car la pierre des maisons, d'un gris jaunâtre, se confondait presque avec l'entour : Poggioreale, Contessa, Salaparuta, Gibellina, Santa Ninfa, tous étaient écrasés par la misère, la canicule et la nuit tombante contre laquelle ils ne réagissaient même pas, fût-ce en usant du moindre lumignon.

La chapelle, au fond de l'esplanade, servait de cible aux manifestations anticléricales des étudiants en droit margaritains, qui se trouvaient alors en vacances. On y lisait souvent, écrites au crayon, les strophes de l'*Hymne à Satan* : « Salut à toi Satan, ô rebellion, ô force vengeresse de la raison [1]. » Le lendemain matin

1. « *Salute, o Satana, o ribellione, o forza vindice della ragione.* »

ma mère (qui du reste connaissait cet *Hymne* par cœur et ne lui reprochait que son insuffisance esthétique) envoyait le jardinier Nino passer une couche de lait de chaux sur ces vers modestement sacrilèges; deux jours plus tard on lisait encore : « Je t'excommunie, ô prêtre, chantre de rages et de deuils [1] », ou quelqu'autre des anathèmes que le bon Carducci avait cru devoir proférer contre le citoyen Mastai.

Au bord de l'escarpement, en contrebas de la chapelle, on pouvait cueillir des câpres, ce que je ne manquais pas de faire, au risque de me rompre le cou; on trouvait aussi, paraît-il, des mouches cantharides, dont les têtes pulvérisées sont un très puissant aphrodisiaque. Que ces mouches volent par là, j'en étais alors convaincu, mais de qui l'avais-je appris, quand et pourquoi, me demeure un mystère. Quoi qu'il en soit, des cantharides, mortes ou vivantes, entières ou en poudre, je n'en ai vu de ma vie.

Telles étaient les promenades quotidiennes, somme toute peu astreignantes; il y en avait cependant de plus longues et compliquées : de vraies excursions.

L'excursion par excellence était celle de la Venaria, le petit pavillon de chasse juché sur une hauteur, peu avant Montevago. Nous la faisions toujours en compagnie de nos invités du cru, deux fois par saison au moins, et elle n'allait pas sans un certain comique. On décidait : « Dimanche prochain, pique-nique à la Venaria. » Et le matin, vers dix heures, nous partions, les dames

1. « *Ti scomunico, o prete, vate di lutti e d'ire.* »

en voiture, les messieurs à dos d'âne. Bien que presque tous eussent des chevaux ou à tout le moins des mulets, l'usage du bourricot était de tradition. Seul mon père refusait de s'y soumettre. Il avait tourné la difficulté en déclarant que sur de tels chemins, lui seul était capable de conduire le *dog-cart* où les dames avaient pris place et dont les secrètes cages à chiens, sous la caisse, renfermaient en vérité bouteilles et gâteaux destinés aux invités.

Parmi les rires et les plaisanteries, la compagnie prenait la direction de Montevago. Au centre de la cohorte roulait le *dog-cart* dans lequel ma mère, Anna ou Mademoiselle et quelque autre personne, cherchaient à s'abriter de la poussière sous des voiles gris d'une épaisseur quasi musulmane; alentour les *sciucche* (les bourriques, car en sicilien l'âne est toujours au féminin, comme les bateaux en anglais), les *sciucche*, dis-je, caracolaient. Il y avait de vraies chutes, des mutineries asines authentiques et de pseudo-culbutes offertes par amour du pittoresque. Nous traversions Montevago, en suscitant l'indignation vocale de tous les chiens du village, nous parvenions au pont des Dagari, nous descendions sur le terrain en contrebas, nous commencions à gravir la pente.

L'allée était vraiment grandiose : longue d'environ trois cents mètres, elle montait droit au sommet des collines, encadrée d'une double rangée de cyprès. Non point de jeunes cyprès, comme ceux de San Guido, mais de gros arbres quasi centenaires, dont le feuillage touffu répandait en toute saison un austère parfum. La rangée d'arbres était interrompue de loin en loin par des bancs en croix et, en un point, par une fontaine où l'eau jaillissait encore du mascaron par intervalles. Et nous montions ainsi, dans une ombre odorante, vers la Venaria qui se dressait là-haut, en plein soleil.

C'était un pavillon de chasse construit à la fin du XVIIIe siècle; il passait pour être « tout petit » mais comptait en réalité une vingtaine de pièces. Edifié sur le sommet de la colline, du côté opposé à celui d'où nous arrivions, il donnait sur le même panorama que la villa communale, avec cette différence qu'ici, de plus haut, la désolation de la vallée paraissait plus totale encore.

Les cuisiniers, partis le matin à sept heures, étaient fin prêts. Dès que le gamin en guetteur annonçait l'approche de notre groupe, ils mettaient au four les rituelles timbales de macaronis à la Talleyrand, les seules pâtes qui se conservent; à peine avions-nous le temps de nous laver les mains; nous passions sur la terrasse où deux tables avaient été dressées.

Ensuite venaient d'énormes *spigole* froides, à la mayonnaise, auxquelles succédaient des dindons farcis et des avalanches de pommes de terre. Il y avait là de quoi être frappé de congestion. Le « gros », un jour, faillit y rester : mais un seau d'eau en plein visage et un prudent repos dans une chambre obscure le sauvèrent. Pour arranger les choses arrivait enfin un gâteau glacé que Marsala, le cuisinier, savait préparer de main de maître. La question des vins, comme toujours en Sicile, était sans importance. Les convives y tenaient, certes, et voulaient que leur verre soit rempli jusqu'au bord (« pas de faux-cols », criaient-ils à l'échanson); mais de ces verres sans faux-col, ils n'en vidaient qu'un seul, deux au plus.

C'est après le coucher du soleil que nous redescendions vers Santa Margherita.

J'ai parlé d'excursions au pluriel. A vrai dire, en y repensant, la seule excursion était celle de la Venaria. Il y en eut d'autres, certes, pendant les premières années, mais je n'en ai conservé qu'un souvenir assez vague. Le terme « vague » est cependant inexact : il vaudrait mieux dire « difficile à formuler ». L'impression visuelle est demeurée en moi des plus vives, mais elle n'était alors rattachée à aucun mot. Nous allâmes, par exemple, quand j'avais cinq ou six ans, piqueniquer à Sciacca; du déjeuner, des gens que nous rencontrâmes, du trajet même, je n'ai pas souvenance. En revanche, j'ai gardé du site même de Sciacca, ou plutôt de la corniche du front de mer, une image photographique si complète et précise que, lorsqu'il y a deux ans je l'ai revu pour la première fois, à près de cinquante ans d'intervalle, j'ai pu aisément comparer la scène que j'avais sous les yeux et celle dont j'avais mémoire, notant ainsi de multiples similitudes et quelques différences.

Comme toujours, mes souvenirs sont essentiellement des souvenirs de lumière : à Sciacca, je vois une mer d'un bleu intense, presque noire et qui scintille éperdument sous le soleil de midi; un ciel de plein été sicilien, brumeux à force de chaleur; une balustrade qui limite un à pic sur la mer; une sorte de cloître avec, à gauche, un café — qui existe encore aujourd'hui.

En revanche, un ciel menaçant et traversé par des nuages lourds de pluie me rappelle une gentilhommière des environs de Catane, située sur une hauteur abrupte; on y accédait par une route en lacets que les chevaux, je ne sais pourquoi, devaient enlever au galop. Je vois le landau avec des coussins bleus, empoussiérés (ce qui prouve qu'il s'agissait non de notre voiture mais d'un véhicule de louage); ma mère assise dans un coin essaie, malgré sa frayeur, de me rassurer, tandis que près de nous des arbres rabougris passent et disparaissent avec la rapidité du vent, et que se mêlent aux cris du cocher les claquements de fouet et le tressaut furieux des sonnailles (non, cette voiture n'était pas la nôtre).

De la maison où nous allions, je garde assez de souvenir pour dire aujourd'hui qu'elle avait un aspect aristocratique mais pauvre. Je ne formulais certes pas à l'époque ce jugement d'ordre économique et social ! Mais je puis le faire à présent avec sérénité, au seul vu de la photographie mentale que vient de me restituer ma mémoire.

Les hôtes, à Santa Margherita, étaient peu nombreux : on n'avait pas encore d'automobiles en ce temps-là, ou plutôt, il devait en exister trois ou quatre au plus dans toute la Sicile et l'affreux état des routes incitait les propriétaires de ces *rarae aves* à ne pas les utiliser hors des villes.

J'ai gardé un souvenir très vif de X. Il appartenait à une bonne famille locale, sous-feudataire des Filangeri, lesquels avaient le droit très rare et assez envié d'élever à la baronnie, sur leurs propres fiefs, deux vassaux par génération. Les X. (qui avaient été juges auprès des tribunaux *in utroque*) avaient bénéficié de ce privilège, et ma grand-mère, de surcroît, appelait X. « d'entre mes vassaux le tout premier vassal ».

X. me paraissait à l'époque un vieillard : en réalité, il ne devait pas avoir plus de quarante ans. Il était très grand, très maigre et fort myope ; malgré un pince-nez dont les verres, d'une extraordinaire épaisseur, le meurtrissaient de leur poids, il marchait voûté dans l'espoir de saisir au moins l'ombre de ce qui l'entourait. Le pauvre homme est d'ailleurs mort aveugle voilà une vingtaine d'années.

Excellente personne, délicate, aimée, pas très intelligente, il avait consacré sa vie (et gaspillé le plus clair de ses revenus) à se vouloir « élégant ». Et du point de vue vestimentaire, il y avait sans doute réussi. Je n'ai jamais vu porter garde-robe plus sobre, mieux coupée, moins voyante que la sienne. Il avait été du nombre des papillons attirés par la lampe scintillante des Florio, et s'était grisé de virevoltes avant d'être abandonné sur la nappe, ailes brûlées. Plus d'une fois, il s'était rendu à Paris, en compagnie des Florio, descendant au Ritz; de la capitale (le Paris des *boîtes*, des bordels de luxe, des élégances onéreuses), il avait conservé un souvenir ébloui qui le rendait assez semblable à l'ingénieur dont j'ai parlé, avec cette différence que les souvenirs de ce dernier tournaient autour du Quartier Latin et de Polytechnique. Du reste, entre l'ingénieur et X. les choses n'allaient pas au mieux, peut-être à cause de cette rivalité qui les faisait se disputer les faveurs de la *Ville Lumière*.

Le pauvre X. devenu presque aveugle et complètement ruiné, est mort il n'y a pas très longtemps. Ma mère, qui lui rendît visite jusqu'à la fin, revenait toujours fort impressionnée : il était si voûté que lorsqu'il se tenait dans un fauteuil, son visage arrivait à vingt centimètres du sol et il fallait alors, pour parler avec lui, s'asseoir sur un coussin posé par terre.

CHAPITRE VIII
LA SALLE A MANGER ROSE

Mais je m'aperçois que j'ai oublié de parler de la salle à manger, singulière pour plusieurs raisons. Et d'abord parce qu'elle existait : il est très rare, je crois, qu'une maison du XVIIIe comporte une pièce expressément réservée à cet usage; on prenait alors les repas dans n'importe quel salon, et on changeait sans cesse, comme je le fais du reste à présent.

A Santa Margherita, au contraire, cette pièce existait. Point très vaste, elle pouvait contenir au plus, commodément, une vingtaine de convives. Les deux balcons donnaient sur la deuxième cour. Les portes étaient blanches, de style Louis XVI, avec de grands panneaux auxquels étaient appliqués des ornements en relief, dorés, d'un or verdâtre et mat.

Au plafond pendait un lustre de Murano dont les motifs floraux se détachaient en couleur sur le verre grisâtre.

Le prince Alessandro, à qui l'on devait l'aménagement de cette pièce, avait eu l'idée de faire portraiturer sur les murs, par un artiste local, sa famille et lui-même au moment des repas. Ces grands tableaux sur toile, aux figures grandeur nature, recouvraient chacune des parois, du parquet jusqu'au plafond.

L'un d'eux représentait le petit déjeuner : le prince et la princesse, lui en habit de chasse vert, botté, chapeau en tête, elle en déshabillé blanc, mais parée de bijoux, prenaient, assis à une petite table, le chocolat que leur servait un négrillon enturbanné. La princesse tendait un biscuit à un braque impatient; le prince, de son côté, s'apprêtait à boire dans une tasse bleue à fleurs. Un autre tableau montrait le déjeuner sur l'herbe : des gentilhommes et des dames étaient assis autour d'une nappe étalée dans un pré; sur la nappe trônaient somptueux pâtés et bouteilles coiffées de paillons; dans le fond, on voyait une fontaine, et les arbres étaient encore tout jeunes; ce devait être, je crois, le jardin de Santa Margherita à peine planté.

Un troisième tableau, le plus grand, représentait le dîner de gala avec des gentilhommes coiffés de petites perruques à boucles serrées et des dames en toilette d'apparât; la princesse portait une délicieuse robe de soie rose brochée d'argent, un *collier de chien*, et sur la poitrine une rangée de rubis. Les domestiques, en grande livrée et cordon, entraient avec des plats montés d'une extraordinaire fantaisie.

Il y avait encore deux autres tableaux, mais je n'ai souvenir que d'un seul, qui se trouvait toujours en face de moi : le goûter des enfants. Deux petites filles de dix à douze ans, serrées et cambrées dans leurs corsets en pointe, poudrées, assises face à un garçon d'une quinzaine d'années (il portait un costume orangé avec des revers noirs et une petite épée) et à une vieille dame en noir (certainement la gouvernante), mangeaient de grandes glaces d'un rose étrange, à la canelle peut-être, qui se dressaient, fort pointues, dans de longs calices de verre.

Le surtout de table était une autre bizarrerie de la maison. C'était une grande pièce d'orfèvrerie inamovible; la surmontait un Neptune armé d'un trident dont il menaçait les convives, tandis qu'auprès de lui une malicieuse Amphitrite leur clignait de l'œil. Le tout sur un rocher qui surgissait au centre d'une vasque en argent; autour, dauphins et monstres marins, grâce à un système d'horlogerie dissimulé sous la table, rejetaient de l'eau par la bouche. Cet ensemble, certes riant et fastueux, avait néanmoins l'inconvénient d'exiger l'usage de nappes largement trouées au milieu pour laisser passer le surtout (les bords de l'ouverture étaient masqués par des fleurs et des feuilles). On ne voyait aucun buffet dans la salle, mais quatre grandes consoles avec un dessus de marbre rose; rose était d'ailleurs la tonalité de la pièce, tant du fait de ces marbres et de la toilette portée par la princesse dans le grand tableau, que du rose des sièges dont la tapisserie n'était pas ancienne mais d'une nuance délicate.

Près de la salle à manger, dans une autre pièce, se trouvaient d'énormes armoires en bois jaune. Les clefs en avaient été perdues et l'intendant lui-même, c'est tout dire, ne savait pas où elles étaient. Après bien des hésitations, on recourut à un serrurier et les battants furent ouverts. Ces armoires contenaient de la literie, des douzaines et des douzaines de draps et de taies d'oreillers, assez pour monter un hôtel (et dire que déjà les armoires connues en débordaient !); d'autres renfermaient des piles de couvertures en véritable laine, parsemées de poivre et de camphre, d'autres encore du linge de table, des nappes damassées, petites, grandes ou démesurées, immanquablement évidées au centre. Sous chacune de ces richesses domestiques étaient glissés des sachets de tulle contenant des fleurs de lavande désormais réduites en poussière. Mais une armoire un peu plus petite que les précédentes fut plus intéressante encore : elle était bourrée de papeterie XVIIIe siècle, énormes feuilles de papier à lettres pur chiffon, plumes d'oies soigneusement liées par dix, pains à cacheter rouges et bleus, et très longs bâtons de cire.

Comme on le voit, la villa de Santa Margherita était une manière de Pompéi XVIIIe où tout s'était miraculeusement conservé : chose toujours rare, mais presque unique en cette Sicile qui, par incurie ou pauvreté, est entre tous un pays destructeur. Je ne saurais dire quelles furent les vraies causes de cette survivance : peut-être le fait qu'entre 1820 et 1840 mon bisaïeul maternel passa là de longues années dans une sorte d'exil que lui imposèrent les Bourbons; ou bien les soins passionnés dont ma grand-mère entourait la demeure; sûrement en tout cas la chance qu'elle eût de trouver le seul intendant qui, à ma connaissance, ne fut pas un voleur.

Il vivait encore de mon temps : c'était une espèce de nain avec une très longue barbe blanche; il habitait avec sa femme, incroyablement grande et grosse, un des nombreux appartements à entrée particulière que comportaient les dépendances de la maison.

Sur les soins qu'il déployait, sur ses scrupules, on racontait merveille : quand la maison était inoccupée, il la parcourait, disait-on, chaque nuit, lampe au poing, pour s'assurer que toutes les fenêtres étaient closes, toutes les portes verrouillées; il ne permettait qu'à sa femme de laver les porcelaines précieuses; après chaque réception (du temps de ma grand-mère), il s'empressait d'aller tâter les vis qui se trouvaient sous les chaises; durant l'hiver, enfin, il passait des journées entières à surveiller les escouades de frotteurs qui nettoyaient et rangeaient les coins les plus reculés de cette énorme bâtisse.

Sa femme, malgré un âge avancé et un aspect peu juvénile, se montrait fort jalouse; de temps à autre nous parvenaient les échos des terribles scènes de ménage qu'elle lui faisait, le suspectant d'avoir prêté trop d'attention aux charmes d'une jeune soubrette. Je sais de façon certaine qu'à plusieurs reprise il alla reprocher vivement à ma mère des dépenses qu'il jugeait excessives; sans résultat, bien entendu; peut-être même se fit-il rabrouer.

Sa mort coïncida avec la fin rapide et imprévue de cette villa splendide entre toutes. Que ces lignes, dont nul n'aura connaissance, soient un hommage à sa mémoire irréprochable.

La matinée d'un métayer

Dessiné au 1/5000e, le plan des propriétés Ibba occupait une bande de papier huilé longue de deux mètres sur quatre-vingts centimètres. Non que la famille possédât tout ce qui était porté sur la carte : il y avait d'abord, au sud, un petit ruban de mer qui sur cette côte festonnée de madragues n'appartenait à personne; au nord se dressaient d'inhospitalières montagnes dont les Ibba s'étaient toujours désintéressés; surtout, on remarquait, autour de la masse jaune citron du domaine familial, nombre de grosses taches blanches : terres qui n'avaient pu être acquises, vu la richesse de leurs possesseurs; terres offertes mais refusées comme de qualité trop médiocre; terres convoitées dont les propriétaires cuisaient encore à feu doux et n'avaient pas atteint le degré de masticabilité opportun. Quelques rares terrains jadis de couleur jaune étaient redevenus blancs : on les avait vendus pour en acquérir de meilleurs durant certaines années difficiles, où le « liquide » manquait. Malgré ces taches (toutes en bordure), l'ensemble jaune demeurait imposant. A partir d'un noyau de forme ovoïdale, centré sur Gibilmonte, une large branche s'étendait vers l'est, allait se resserrant, puis, grossie de nouveau, lançait deux tentacules : l'un jusqu'à la mer, longée sur un bref espace, l'autre en direction du nord, pour s'arrêter au pied des montagnes escarpées et stériles. L'expansion se révélait plus importante encore à l'ouest; il s'agissait là d'anciens domaines ecclésiastiques où l'avance avait eu la rapidité d'une glissade : un couteau dans une motte de saindoux. Les petits villages de San Giacinto et de San Narciso s'étaient vu atteindre et dépasser par les colonnes légères des actes d'expropriation; une ligne de défense adossée au fleuve Favarotta avait résisté longtemps avant de s'effondrer; et aujourd'hui, 14 septembre 1901, grâce à l'acquisition de Pispisa, fief modeste mais fertile, une tête de pont venait d'être établie sur la rive droite du cours d'eau.

La nouvelle propriété n'était pas encore jaune sur la carte; toutefois, dans l'écritoire, encre de Chine et petit pinceau n'attendaient plus que l'intervention de Calcedonio, seul de la maisonnée à savoir les utiliser convenablement. Don Batassano Ibba lui-même, chef de famille et presque baron, s'y était bien essayé voilà dix ans, lorsqu'on avait exproprié Sciddico, mais avec un résultat déplorable : la carte avait disparu sous une marée jaunâtre et il avait fallu débourser gros pour la remplacer. Le flacon d'encre de Chine, quant à lui, était toujours fidèle au poste. Et don Batassano, qui se gardait cette fois d'y toucher, se contentait d'observer la partie à peindre avec ses yeux de paysan effronté, tout en songeant que sur une carte de la

Sicile on pourrait désormais distinguer les terres Ibba, grosses comme une puce, certes, dans l'immensité de l'île, mais parfaitement visibles néanmoins.

Don Batassano se sentait à la fois satisfait et irrité, états d'âme qui chez lui allaient souvent de pair. Le procurateur du prince de Salina, ce Ferrara arrivé de Palerme dans la matinée pour établir l'acte de vente, n'avait cessé de chicaner jusqu'au moment de la signature : que dis-je, encore après ! Il avait exigé pour le paiement quatre-vingts coupures roses de la Banque de Sicile, refusant le billet à ordre préparé à l'avance; don Batassano s'était vu dans l'obligation de monter à l'étage et d'extraire le butin du tiroir ultra-secret de son bureau, opération lourde d'angoisse : à pareille heure, Mariannina et Toto auraient pu circuler dans les environs. A vrai dire, le procurateur s'était « laissé avoir » en accordant, pour la redevance annuelle de quatre-vingts lires au titre du Fonds du Culte, une remise de mille six cents lires en valeur capitalisée; don Batassano (et le notaire avec lui) savaient pertinemment que la redevance avait été rédimée depuis neuf ans par un autre avoué des Salina. Mais cela importait peu; en revanche, la moindre opposition à sa volonté, surtout en matière d'argent, l'exaspérait : « Les voilà pris à la gorge, forcés de vendre, et la fantaisie leur vient encore de distinguer entre billets de banque et billets à ordre! »

Il n'était que quatre heures; cinq heures devaient encore s'écouler avant le dîner. Don Batassano ouvrît la fenêtre, qui donnait sur une cour exiguë. La touffeur de septembre, cuite, recuite, macérée, s'insinua dans la pièce noyée de pénombre. En bas, un vieil homme à moustache engluait des baguettes de jonc pour les jeux des enfants du maître.

— Giacomino, prépare les chevaux, le mien et le tien. Je descends.

Don Batassano voulait juger sur place des dégâts causés à l'abreuvoir de Sciddico : des garnements, lui avait-on appris dans la matinée, s'étaient permis de briser une des parois de l'auge; quoique la brèche eût été aveuglée grosso modo avec de la caillasse, plus cet amalgame de boue et de paille qui ne manque jamais près des fontaines, Tano, le fermier de Sciddico, avait demandé que l'on procédât sans tarder à une réparation sérieuse. Toujours des ennuis, toujours de nouvelles dépenses; et s'il n'allait pas lui-même évaluer le dommage, l'ouvrier lui présenterait une note exorbitante. Il s'assura que l'étui du lourd Smith-Wesson pendait bien à sa ceinture : l'habitude de le porter sur lui était telle qu'il ne le sentait même plus. Après quoi, il descendit le petit escalier d'ardoises. Dans la cour, le garde finissait de seller les chevaux; don Batassano enfourcha le sien en s'aidant de trois marches maçonnées tout exprès contre un mur, prit la cravache qu'un gamin lui tendait, puis attendit que Giacomino (sans le secours des gradins réservés au maître) se mit en selle à son tour. Le fils du garde ouvrit le portail blindé, la lumière de cet après-midi d'été inonda la cour, et don Baldassare Ibba, flanqué de son garde du corps, sortit dans la grand-rue de Gibilmonte.

Ils allaient presque côte à côte, la monture de Giacomino en retrait d'à peine une demi-tête sur celle du maître : posé en travers de l'arçon, le « deux coups » du garde exhibait crosse ferrée et canons d'acier bruni; les sabots des deux bêtes heurtaient à contretemps le pavé des ruelles abruptes. Des femmes filaient devant les portes et ne saluaient pas. « La vie! » lançait Giacomino de temps à autre, lorsqu'un bambin complètement nu risquait d'aller finir sous les jambes des chevaux. En équilibre sur une chaise, la nuque appuyée au mur de l'église, l'archiprêtre feignit de dormir : après tout, la paroisse n'appartenait pas à Ibba le richard, mais aux pauvres et absents Santapau. Seul le brigadier des carabiniers, en bras de chemise sur le balcon de la caserne, fit une courbette.

Sortis du village, ils empruntèrent la piste qui montait vers l'abreuvoir. Quantité d'eau s'était perdue pendant la nuit et stagnait désormais en une large flaque : mêlée d'argile, de paille, de bouse et de pissat de vache, elle exhalait une puanteur âcre, amoniacale. La réparation de fortune s'avérait efficace; entre les pierres, l'eau ne coulait plus : elle ne faisait que suinter. Et le peu qui jaillissait en hoquetant du tuyau rouillé suffisait à compenser la perte. Cette réfection n'avait pas coûté un centime; don Batassano, rassuré, en oublia qu'elle n'était que provisoire. « Que nous a raconté Tano ? L'abreuvoir est en parfait état! Il n'a besoin de rien. Dis plutôt à cet imbécile, s'il est un homme, de ne pas laisser abîmer mon bien par le premier venu. Qu'il déniche les pères de ces morveux et qu'il les envoie s'expliquer avec toi, si ça le dépasse. »

Sur le chemin du retour, un lapin apeuré leur coupa la route : le cheval de don Batassano, effrayé, décocha une paire de ruades et le notable, qui avait une jolie selle anglaise mais utilisait des doubles cordes en lieu et place d'étriers, se retrouva par terre. Il ne se fit aucun mal; Giacomino, rompu à ses habitudes, prit la jument par la bride et l'immobilisa; debout, don Batassano cravachait sèchement les naseaux, les oreilles, les flancs de l'animal qui n'arrêtait plus de trembler et se couvrait d'écume. Un coup de pied dans le ventre acheva la séance éducative; puis le maître se remit en selle et les deux hommes regagnèrent la maison au moment où la nuit commençait à tomber.

Entre-temps, ignorant le départ du propriétaire, Ferrara s'était rendu dans le bureau, n'y avait trouvé personne et s'était assis un instant pour attendre. On remarquait dans la pièce un râtelier avec deux fusils, une étagère où traînaient quelques classeurs de carton brun portant une étiquette : « Impôts », « Titres de propriété », « Cautions », « Prêts »; sur le bureau, l'acte de vente signé deux heures auparavant; derrière, au mur, la carte du domaine.

Ferrara se leva pour l'observer de plus près. De par

ses connaissances professionnelles, de par les innombrables indiscrétions qu'il avait recueillies, il savait bien comment s'était constitué cet énorme patrimoine foncier : une épopée d'astuce, d'absence de scrupules, d'entorses aux lois, de dureté, de chance aussi et d'audace. L'avoué songea à l'intérêt qu'aurait offert une carte de plusieurs couleurs comme celles qui montrent dans les manuels scolaires l'expansion progressive de la Maison de Savoie. C'était ici, à Gibilmonte, que se trouvait l'embryon : six tertres, un demi-hectare de vigne, une bicoque de trois pièces, le peu dont avait hérité Gaspare, le père de don Batassano, analphabète de génie. Tout jeune encore, Gaspare avait séduit une sourde-muette, fille d'un « bourgeois », un petit propriétaire à peine moins pauvre que lui; et la dot, fruit de ces noces extorquées, lui avait permis de doubler son avoir. L'infirme était entrée à plein dans le jeu de son époux : au prix de sordides économies, le couple avait su amasser un magot, minuscule, certes, mais fort précieux en un temps où la Sicile, tout comme les cités-états antiques, ne connaissait pas d'autre épargne que l'usure.

Des prêts avaient été opportunément concédés, ces prêts d'un caractère particulier qu'on accorde à des gens qui ont un patrimoine mais non les rentes suffisantes pour payer des intérêts. Les mugissements de Marta, la femme de Gaspare, lorsqu'elle allait de par le village, au coucher du soleil, pour réclamer les échéances hebdomadaires, étaient devenus proverbiaux : « Quand Marta va grognant les maisons vont croulant. » En dix années de visites gesticulantes, en dix années passées à détourner le blé des marquis Santapau dont Gaspare était métayer, en dix années d'extensions menées avec prudence, en dix années de faim assouvie, le patrimoine du couple s'était multiplié par cinq : lui n'avait en ce temps-là que vingt-huit ans et l'actuel don Batassano sept. Il y avait bien eu une période orageuse, lorsque l'autorité judiciaire des Bourbons s'était mise en tête d'enquêter à propos d'un de ces cadavres qu'on trouvait habituellement dans la campagne; Gaspare avait dû s'éloigner de Gibilmonte, laissant à sa femme le soin d'expliquer qu'il séjournait à Aderno, chez un cousin, pour s'initier à la culture du mûrier. En vérité, aucun soir ne s'était passé sans que l'affectueux Gaspare ait vu fumer, du haut des montagnes voisines, le foyer de son heureuse maisonnette. Puis il y avait eu l'entreprise garibaldienne des Mille, le chaos, les dossiers disparaissant des chancelleries, et Gaspare Ibba avait réintégré officiellement son domicile.

Les choses allaient de mieux en mieux. Et ce fut alors que Gaspare conçut une manœuvre folle, comme tout ce qui est génial. A l'instar du Napoléon d'Austerlitz, osant dégarnir son centre pour enfermer dans ses ailes puissantes les Austro-Russes éberlués, Gaspare hypothéqua jusqu'à l'os tous ses petits domaines acquis de haute lutte et fit, avec les quelques milliers de lires rapportés par l'opération, un prêt sans intérêt au marquis Santapau que trop de largesses envers la cause bourbonnienne avaient mis dans l'embarras.

Il en résulta ceci : deux ans plus tard, les Santapau ne possédaient plus le fief « Balate » que d'ailleurs ils n'avaient jamais vu et que, d'après son nom, ils croyaient infertile; les hypothèques sur les biens Ibba étaient levées; Gaspare s'appelait désormais « don Gaspare » et on mangeait du mouton à sa table le samedi et le dimanche. Le seuil des premières cent mille lires une fois franchi, tout se déroula avec la précision d'un mécanisme : les biens du clergé, acquis contre deux échéances de leur misérable estimation, furent obtenus pour un dixième de leur valeur; les localités et les sources qui s'y trouvaient, les droits de péage dont ils bénéficiaient facilitèrent la chute des biens laïcs environnants, désormais dévalués; de fortes rentes accumulées permirent enfin l'achat ou l'expropriation de terrains plus éloignés.

Lorsque don Gaspare mourut, encore jeune, ses propriétés formaient déjà un ensemble important; comme les territoires prussiens à la fin du XVIIIe, elles consistaient en gros îlots séparés par des possessions étrangères. Ce fut à son fils Baldassare qu'échut, comme à Frédéric II, la tâche et la gloire de faire du domaine un seul bloc et d'en reculer les limites vers des contrées plus lointaines. Vignes, oliveraies, amandaies, pâturages, redevances emphytéotiques — mais surtout des terres à céréales — étaient annexés et digérés; les rentes affluaient dans le modeste bureau de Gibilmonte, et presque intactes encore, en ressortaient bientôt pour se transformer derechef en propriétés. Le vent d'une chance ininterrompue gonflait les voiles du galion

Ibba : d'un bout à l'autre du besogneux triangle de l'île, on se mit à prononcer ce nom avec respect. Dans l'intervalle, à trente ans, don Batassano avait pris femme, et non point une infirme comme sa mère vénérée, mais une robuste adolescente de dix-huit printemps, Laura, fille du notaire de Gibilmonte : elle apportait en dot sa santé, un appréciable pécule, la précieuse expérience juridique de son père et, dès lors que ses besoins sexuels — non négligeables — étaient satisfaits, une soumission absolue. Huit enfants constituaient la preuve vivante de cette obéissance renouvelée : un bonheur âpre et sans lumière régnait chez les Ibba.

Ferrara était homme de tendres sentiments, variété rarissime en Sicile. Son père avait fait partie de l'administration des Salina à l'époque orageuse du vieux prince Fabrice, et lui-même, élevé dans l'atmosphère ouatée de la maison, s'était habitué à ne désirer qu'une vie peut-être médiocre mais bien tranquille; la petite portion de fromage princier qu'il avait à grignoter lui suffisait. Ces deux mètres carrés de papier huilé évoquaient à ses yeux l'âpreté et l'acharnement de luttes auxquelles son âme de rongeur — non de carnassier — répugnait. Il avait l'impression de relire les fascicules de *l'Histoire des Bourbons de Naples*, par La Cecilia, que son père, ardent libéral, lui achetait autrefois, chaque samedi; mais, on ne trouvait pas à Gibilmonte, les prétendues orgies de Caserta; ici tout était dépouillé, positif, d'une méchanceté puritaine. Pris de panique, il quitta la pièce.

Le soir, à table, la famille se retrouva au complet, hormis Gaspare, le fils aîné, qui séjournait à Palerme sous prétexte de préparer la deuxième session du baccalauréat (il avait déjà vingt ans). Le service était d'une simplicité rustique : les couverts, du reste massifs et riches, avaient été posés au milieu de la table et chacun prenait dans le tas selon ses besoins ; Mariannina et Toto, les domestiques, s'obstinaient à présenter les plats du côté droit. Quant à Donna Laura, elle offrait l'image de la santé parvenue à son épanouissement suprême, autrement dit à son majeur degré d'embonpoint : le menton bien dessiné, le nez gracieux, les yeux experts en voluptés conjugales disparaissaient dans une luxuriance de lard encore frais, ferme et appétissant ; ce corps aux rondeurs excessives était revêtu de soie noire, signe de deuils répétés. Les garçons : Melchiorre, Pietro, Ignazio, et les filles : Marta, Franceschina, Assunta, Paolina, alternaient, offrant de curieuses ressemblances, d'étranges mixtures où se conjuguaient les traits rapaces du père et ceux miséricordieux de la mère. En ce qui concernait la mise, aucune recherche : des « cretonnes » imprimées (gris sur blanc) pour les fillettes, des costumes marins pour les garçonnets, y compris le plus âgé des présents, Melchiorre — il avait dix-sept ans et une moustache naissante le faisait étrangement ressembler à un membre des Equipages royaux. La conversation, ou plutôt le dialogue entre don Batassano et Ferrara, ne porta que sur deux sujets : la valeur comparée des terrains autour de Palerme et de Gibilmonte, ainsi que les menus faits et gestes de la société aristocratique palermitaine. Pour don Batassano, tous ces nobles étaient des « crève-la-faim », même ceux dont le patrimoine, fût-ce seulement sous forme de collections d'antiques, et toutes rentes mises à part, pouvait rivaliser avec le sien. Confiné dans son village, se concédant parfois une sortie jusqu'au chef-lieu, plus rarement encore un voyage à Palerme afin d'y « suivre » quelque procès en cassation, don Batassano ne connaissait personnellement aucun aristocrate et s'était fait d'eux une idée abstraite et simpliste, un peu celle qu'a le public du Capitaine Fracasse ou d'Arlequin. Le prince A. était dépensier, le prince B. coureur de jupons, le duc C. violent, le baron D. joueur, Don Giuseppe E. bretteur, le marquis F. « esthétique » (il voulait dire « esthète », euphémisme qui sous-entendait bien pis), le reste à l'avenant : tous n'étaient à ses yeux que méprisables pantins de carton. Don Batassano se révélait doué sur ce chapitre d'une formidable propension à l'erreur : pas une de ses épithètes qui correspondît à la vérité, pas un seul défaut qui ne s'avérât fabuleusement exagéré, tandis qu'il continuait à tout ignorer des imperfections réelles des personnages en question; on voyait bien que son esprit brodait sur des phantasmes et qu'il se complaisait à voir la pureté des Ibba ressortir sur le fond d'une vieille société corrompue.

Ferrara connaissait un peu mieux les choses, mais

incomplètement lui aussi, si bien qu'il demeura vite à court d'arguments en face des assertions les plus fantastiques; par ailleurs, ses remarques suscitaient chez don Batassano un tel mépris moralisateur, qu'il se garda d'insister. Et puis, on arrivait à la fin du repas.

Ce dîner, à en croire Ferrara, avait été excellent; en matière culinaire, donna Laura, loin de s'abandonner à des envolées pindariques, se bornait à faire servir une cuisine sicilienne élevée au cube quant au nombre de plats et à l'abondance des condiments; une cuisine, autant dire, meurtrière. Les macaronis nageaient littéralement dans l'huile avant de s'ensevelir sous des avalanches de fromage, les viandes étaient farcies de saucissons incendiaires, les *zuppe in fretta* [1] contenaient trois fois plus d'alkermès, de sucre et de *zuccata* [2] qu'il n'était prescrit : et Ferrara trouvait cela délicieux, y voyant le summum de la bonne cuisine. Les rares déjeuners pris à la table des Salina l'avaient toujours déçu par la fadeur des mets. Le lendemain cependant, les soixante-dix-huit mille deux cents lires une fois remises au prince Fabrizietto, il détailla le menu qu'on lui avait offert et, sachant la prédilection du prince pour les coulis de volaille du Pré Catelan et les timbales d'écrevisses de chez Prunier, qualifia d'horreurs ce qu'il avait jugé exquis; en quoi il fut agréable à Salina qui, par la suite, lors du « petit poker », au Cercle, s'empressa de mettre au courant

1. Sorte de soupe anglaise.
2. Confiture de courges.

ses amis, toujours avides de nouvelles quand il s'agissait des légendaires Ibba; et chacun de rire, jusqu'au moment où l'impassible Peppino San Carlo annonça un full de reines.

La famille Ibba était l'objet, on l'a vu, d'une vive curiosité dans les milieux de la noblesse palermitaine. C'est là un sentiment dont se nourrissent les fables et une fortune aussi soudaine ne pouvait manquer de faire naître mille fantaisies. Témoignage de l'enfantine et mousseuse imagination des classes supérieures, ces chimères trahissaient en outre un malaise inconscient : comment pouvait-on amasser, au début du vingtième siècle, une grosse fortune exclusivement terrienne, quand chaque gentilhomme savait d'amère expérience que cette forme de richesse fait un bon matériau de démolition plutôt que la pierre à bâtir de somptueux édifices ? Propriétaires eux-mêmes, ils sentaient ce qu'avait d'irrationnel, voire de menaçant, cette moderne réincarnation des immenses champs de blé des Chiaramonte ou des Ventimiglia; aussi lui étaient-ils sourdement hostiles : ils décelaient dans cette imposante construction, d'ailleurs érigée en grande partie avec des matériaux qui leur avaient appartenu, un effet de l'anachronisme permanent où s'enlisent les roues du char sicilien; anachronisme dont plusieurs se rendent compte mais auquel nul ne cherche à se soustraire, fût-ce en s'abstenant d'y collaborer.

Ce malaise, répétons-le, demeurait latent, caché au sein de l'inconscient collectif : il affleurait sous le couvert de galéjades et d'anecdotes, comme il convient à une classe qui consomme fort peu d'idées générales.

Une première plaisanterie, la plus élémentaire, consistait à grossir les chiffres, toujours assez élastiques chez nous. Malgré la facilité d'un contrôle, la fortune des Baldassare Ibba était estimée à plusieurs dizaines de douzaines de millions; un audacieux osa même parler une fois de « un milliard ou presque », mais, à vrai dire, on le fit taire : un tel chiffre, aujourd'hui banal, était d'un emploi si rare en 1901, que la quasi-totalité des gens ignorait son véritable sens. Au temps de la monnaie-or, dire un milliard de lires équivalait à ne rien dire du tout.

Les origines de cette fameuse fortune donnaient lieu à des broderies analogues : sur l'humble extraction de don Batassano, il semblait toutefois difficile de renchérir (le vieux Corrado Finale, dont la mère était une Santapau, avait bien insinué à mots couverts que don Batassano était fils d'un sien neveu ayant séjourné à Gibilmonte, mais la fable avait eu peu de crédit; on savait que Finale ne manquait jamais d'attribuer à sa famille ou à lui-même la paternité clandestine de toutes les personnalités, du général victorieux à la prima donna célèbre); en revanche, le modeste cadavre qui avait valu tant d'ennuis à don Gaspare se multipliait par dix, par cent et il n'y avait crime commis en Sicile depuis trente ans (ce qui faisait un joli nombre) qui ne fût imputé aux Ibba, lesquels, au demeurant, étaient parfaitement en règle avec la justice. Pour étonnant que cela paraisse, il s'agissait ici d'une légende plus bienveillante que les autres : un acte de violence resté impuni était à l'époque motif d'estime. L'auréole des saints, en Sicile, a la couleur du sang.

A ces inventions impromptu s'en ajoutaient de seconde main : on dépoussiérait par exemple l'anecdote répandue cent ans plus tôt au sujet des Testasecca; après avoir creusé un petit canal et rassemblé en amont la centaine de vaches et le millier de brebis dont ils disposaient, ils les avaient fait traire simultanément, donnant ainsi au roi Ferdinand IV le spectacle d'un ruisseau de lait tiède et crémeux coulant devant lui. Cette fable, non dénuée d'une grâce pastorale qui trahissait son Théocrite, était mise à présent au compte de don Batassano, Humbert Ier se substituant pour la circonstance au roi Ferdinand; et bien qu'il eût été on ne peut plus facile de prouver que le souverain n'avait jamais mis les pieds sur les terres Ibba, le mythe gardait cours, irréfutable.

Ce mélange de rancœurs et de craintes, ramena la conversation sur la famille Ibba dès la fin du « petit poker ». Les membres du Cercle, une dizaine en l'occurrence, s'étaient installés sur la terrasse surplombant une cour tranquille, à l'ombre d'un grand arbre d'où des pétales de lilas pleuvaient sur ces messieurs, pour la plupart hommes d'âge. Des garçons en livrée rouge et bleue servaient glaces et limonades. Du fond d'un fauteuil d'osier arrivait la voix immanquablement coléreuse de Santa Giulia :

— Mais enfin, ne peut-on savoir avec certitude combien de terres il possède, ce satané Ibba ?

— C'est connu, rien de plus facile. Quatorze mille trois cent vingt-quatre hectares, répondit froidement San Carlo.

— Pas plus que ça ? Je croyais qu'il en avait davantage.

— Quatorze mille mon œil ! D'après des personnes qui se sont rendues sur place, il possède au moins vingt mille hectares, aussi sûr que je vous vois. Et seulement des terres à blé, de premier ordre.

Le général Lascari, qui paraissait plongé dans la lecture de la *Tribuna*, abaissa soudain le journal ; dans son visage de bilieux, un réseau de rides jaunes faisait plus blanche la cornée et lui donnait l'éclat dur, un peu sinistre, qu'ont les yeux de certains bronzes grecs :

— Vingt-huit mille hectares, ni plus ni moins. Je le tiens de mon neveu qui est cousin de la femme de son Préfet. C'est comme ça et voilà. Inutile d'en discuter.

Pippo Follonica, un romain de passage, se mit à rire :

— Voyons, Messieurs, si cela vous intéresse tant, pourquoi ne pas envoyer quelqu'un se renseigner au Cadastre ? La vérité serait bien vite établie : celle-là du moins.

Ces propos rationnels furent accueillis avec froideur. Follonica ignorait la nature passionnelle, point du tout statistique, du débat : ces messieurs se renvoyaient leurs envies, leurs rancunes, leurs craintes, toutes choses que les registres cadastraux ne sauraient certes apaiser.

Le général se fâcha tout rouge :

— Quand j'avance une chose il n'y a pas de cadastre ou de contre-cadastre qui tienne.

Puis, cédant à la courtoisie due à l'hôte, il s'amadoua :

« Vous ne pouvez imaginer, cher prince, ce que signifie le Cadastre chez nous ! Les transferts ne sont jamais ajournés et vous y verrez figurer comme propriétaires des gens qui ont tout vendu et vivent désormais à l'hospice.

Devant un démenti aussi circonstancié, Follonica changea de tactique :

— Que la superficie ne puisse être connue, soit, mais on doit savoir quelle est la valeur du bien de ce rustre qui vous passionne tant !

— On le sait : huit millions tout ronds.

— Mon œil ! (C'était l'inévitable début des phrases de Santa Giulia.) Mon œil ! Douze millions, pas un centime de moins !

— Dans quel monde vivez-vous, Messieurs ? Vous n'y êtes vraiment pas ! Il y a vingt-cinq millions rien qu'en terrains. Ajoutez-y les redevances, les prêts de capitaux non encore transformés en propriétés, la valeur en bétail : cinq millions supplémentaires au bas mot.

Le général avait posé la *Tribuna* et s'agitait. Depuis des années, ses manières péremptoires indisposaient les habitués du Cercle, chacun voulant être le seul à lancer des affirmations irréfutables ; son opinion suscita sur le champ une coalition d'antipathies. Au mépris de toute réalité la valeur supposée du patrimoine Ibba dégringola d'un coup.

— Tout ça n'est que littérature; quand on parle argent et sainteté, il faut de la moitié retrancher la moitié. Si Baldassare Ibba vaut dix millions tout compris, c'est beaucoup.

Le chiffre avait été tiré du néant, par pure nécessité polémique; mais, une fois lancé, comme il répondait au désir de chacun, il satisfît tout le monde, excepté le général qui gesticulait au fond de son fauteuil, impuissant contre ses neuf adversaires.

Un garçon entra, muni d'une longue perche de bois; au bout brûlait un tampon d'étoupe imbibé d'alcool. A la lumière douce du couchant se substitua l'éclairage cru des manchons à gaz. Le Romain se divertissait beaucoup ; c'était son premier séjour en Sicile et cinq jours passés à Palerme, dans plusieurs familles, avaient déjà modifié ses idées touchant le prétendu provincialisme des Palermitains : repas bien servis, salons de bon goût, dames charmantes. Or, cet ardent débat autour de la fortune d'un individu qu'aucun des antagonistes ne connaissait ni ne voulait connaître, ces exagérations patentes, ces gesticulations convulsives à propos de rien, l'obligeaient maintenant à faire machine arrière; il retrouvait un peu trop les conversations de Fondi ou Palestrina, lorsqu'il s'occupait de ses terres, voire la pharmacie Bésuquet, dont il conservait depuis la lecture de *Tartarin* un plaisant souvenir; il faisait provision d'anecdotes pour ses amis romains qu'il retrouverait dans une semaine. En fait, il se trompait. Trop homme du monde pour songer à pousser son enquête au delà des plus évidentes apparences, il prenait pour une amusante exhibition de provincialisme ce qui n'avait pourtant rien de comique : les soubresauts d'une classe qui voyait s'effondrer, avec sa primauté terrienne, sa propre raison d'être et sa continuité sociale; une classe qui cherchait dans les artifices de l'outrance et de la dérision un exutoire à sa colère, un moyen de calmer sa peur.

La vérité se révélant inaccessible, la conversation dévia : on continua de s'occuper des affaires de Baldassare Ibba, mais cette fois sur le plan personnel.

— Une vie de moine : il se lève à quatre heures du matin, va sur la place engager lui-même les journaliers, s'occupe d'administration jusqu'au soir, se nourrit de pâtes ou de légumes à l'huile et, quand sonne huit heures, il est couché.

Salina protesta :

— Un moine marié et père de huit enfants, entendons-nous. L'un de mes employés a passé la journée chez lui : si la maison est laide, les pièces sont vastes et confortables, bref, un logis décent; la femme, a dû être belle; quant aux enfants, ils sont bien vêtus et l'un d'eux fait même ses études ici, à Palerme; pour ce qui est de la table, enfin, on y mange, je vous l'ai dit, une cuisine indigeste mais copieuse.

Le général tenait bon :

— Mon cher Salina, tu crois tout ce qu'on te raconte; ou plus exactement ton employé doit être un sot à qui l'on a jeté de la poudre aux yeux. Pain, fromage et lampe à huile, telle est la vie quotidienne, la vraie vie de Baldassare Ibba; bien entendu, lorsque quelqu'un vient de Palerme, notre homme s'empresse de faire étalage, croyant ainsi nous éblouir.

N'y tenant plus, brûlant de dire ce qu'il savait, Santa Giulia se tortillait dans son fauteuil; ses pieds bien chaussés frappaient le carrelage, ses mains tremblaient et la cendre de sa cigarette neigeait sur son costume :

— Mon œil, Messieurs, mon œil, vous n'y entendez rien, vous vous trompez sur toute la ligne. Je suis le seul à savoir de quoi il retourne : la femme d'un de mes gardes est de Torrebella, à deux pas de Gibilmonte; de temps à autre, elle va voir sa sœur qui est mariée là-bas et qui lui a tout raconté. On ne saurait être mieux renseigné.

Il chercha dans les yeux de chacun une confirmation, et comme tous se divertissaient, il la trouva sans peine. Bien qu'il n'y eût aucune oreille pudique à ménager, Santa Giulia baissa le ton : privées de cette astuce de mélodrame, les révélations n'auraient pas produit le même effet.

« A quatre kilomètres de Gibilmonte, don Baldassare s'est fait construire une petite villa : tout ce qu'on peut imaginer de plus luxueux, avec des meubles de chez Salci, et passons sur le reste.

Des réminiscences de Catulle Mendès, le souvenir nostalgique des maisons de rendez-vous parisiennes, des désirs insatisfaits bien que longtemps entretenus, se présentèrent à son esprit.

« Il a fait venir de Paris le grand peintre Rochegrosse pour décorer à fresque chacune des pièces : l'artiste est resté trois mois à Gibilmonte, au tarif de cent mille lires par mois.

(Rochegrosse était effectivement venu en Sicile deux ans plus tôt : il y avait passé huit jours avec sa femme et ses trois enfants, puis était reparti après avoir tranquillement visité la chapelle Palatine, Ségeste et les Latomies de Syracuse.)

« Cela lui a coûté une fortune ! Mais quelles fresques, Messieurs ! De quoi ressusciter un cadavre ! Des femmes nues, complètement nues, en train de danser, de boire et de s'accoupler entre elles ou avec des hommes, dans toutes les positions, de toutes les manières possibles. Des chefs-d'œuvre ! Une encyclopédie, vous dis-je, une encyclopédie du plaisir ! D'ailleurs, faites confiance à un Parisien qui touche cent mille lires par mois. Eh bien c'est là, Messieurs, que Baldassare Ibba reçoit des femmes par douzaines : des italiennes, des françaises, des allemandes, des espagnoles. La Belle Otero elle-même y est allée, je le tiens de source sûre. Oui, c'est là que, tel Louis seize, notre Batassano a son Parc aux Daims.

Cette fois, Santa Giulia avait fait mouche : tous étaient suspendus à ses lèvres. Certes, nul n'y croyait, mais on trouvait la chose hautement poétique et chacun souhaitait avoir les millions d'Ibba pour que s'inventent sur son compte d'aussi somptueuses fariboles. Le premier à s'arracher au sortilège fut le général :

— Et comment le sais-tu ? Tu as donc fréquenté le pavillon ? A titre d'odalisque ou d'eunuque ?

Ces messieurs se mirent à rire, y compris Santa Giulia.

— Je vous l'ai dit : la femme d'Antonio, mon garde, a vu personnellement les peintures.

— A la bonne heure ! Alors ton garde est cocu !

— Cocu mon œil ! Sa femme rapportait des draps qu'elle avait lavés. On ne l'a pas laissée entrer, mais une fenêtre était ouverte : elle a tout vu.

Ce château de mensonges était évidemment des plus fragiles ; mais il paraissait si beau, ainsi composé de cuisses de femmes, d'obscénités sans nom, de grands peintres et de bons billets de cent mille lires, que personne n'avait envie de souffler dessus pour le faire tomber.

Salina sortit sa montre :

— Mon Dieu, déjà huit heures ! Je dois aller me changer : on donne ce soir la *Traviata* au Politeama et le « Alfredo aime-moi ! » de la Bellincioni est une chose à ne pas rater. Nous nous reverrons aux avant-scènes.

Le bonheur et la loi

Lorsqu'il monta dans l'autobus, il agaça tout le monde.

L'énorme paquet qui arrondissait son bras gauche, la serviette bourrée de dossiers, le cache-col en peluche grise, le parapluie sur le point d'éclore... comment aurait-il pu encore présenter son billet de retour ? Il fut contraint de poser le colis monumental sur la tablette du receveur, provoqua une avalanche de menue monnaie, voulut se baisser pour rattraper les pièces et suscita les protestations de ceux qui le talonnaient, épouvantés à l'idée que la porte automatique happerait les basques de leurs pardessus. Il parvint finalement à se caser dans la file de voyageurs qui s'agrippaient aux mains courantes. Certes, il n'avait rien de corpulent, mais son barda lui conférait le volume d'une bonne sœur gonflée par une demi-douzaine de cotillons. Cette majesté inopportune — alors que l'autobus roulait sur la chaussée visqueuse, dans le piteux chaos de la circulation — propagea le mécontentement d'un bout à l'autre du véhicule. Il écrasa quelques pieds, on lui rendit la pareille, il se fit houspiller ; quand retentirent derrière lui deux syllables se référant à ses prétendues infortunes conjugales, l'honneur lui enjoignit de chercher des yeux le provocateur : il crut avoir mis une menace dans l'infinie lassitude de son regard.

On parcourait pendant ce temps des rues dont les façades d'un baroque rustique dissimulaient un arrière-pays abject qui resurgissait au moindre carrefour. On défila devant les lumières jaunâtres de boutiques octogénaires.

Comme son arrêt approchait, il appuya sur la sonnette, descendit, se prit les jambes dans le parapluie et pour finir se retrouva seul sur un mètre carré de trottoir défoncé : vite, il s'assura de la présence du portefeuille similicuir. Et il fut libre de savourer son bonheur.

Le portefeuille contenait 37.245 lires touchées une heure auparavant, le « treizième mois »; c'étaient autant d'épines ôtées de son pied : le propriétaire, d'autant plus hargneux que les loyers étaient bloqués, et on lui devait deux trimestres; l'encaisseur auquel il fallait ponctuellement verser les mensualités de la veste en lapin de Marie (« Ça te va bien mieux qu'un manteau long, ma chérie; ça te mincit »); les regards venimeux de la poissonnière et de l'épicier. Ces quatre gros billets balayaient encore les craintes qu'éveillaient la prochaine quittance d'électricité, les coups d'œil soucieux aux chaussures des gosses, l'attente anxieuse devant les petites flammes tremblotantes du butagaz; ils ne signifiaient pas l'opulence, non, certes, mais la promesse d'un répit apporté à l'angoisse quotidienne, ce soulagement furtif qui est la vraie joie des pauvres; et qui sait, un ou deux billets de mille survivraient peut-être un instant avant de se consumer dans la flambée du repas de Noël.

Mais il avait touché trop de fois ce « mois-double » de fin d'année pour attribuer à la fugitive allégresse qu'on en retire, l'euphorie qui levait en lui à présent; rose, oui, rose comme l'emballage du délicieux fardeau qui endolorissait son bras gauche. Elle bourgeonnait vraiment, cette euphorie, sur le *panettone* [1] de sept kilos que lui avaient remis ses collègues. Non qu'il raffolât de ce mélange, garanti pur et au vrai fort douteux, de farine, de sucre, d'œufs en poudre et de raisins secs — qui tout compte fait ne lui plaisait pas — mais sept kilos d'un produit de luxe en une seule fois! Pareille aubaine, circonscrite et néanmoins volumineuse, dans un ménage où les provisions n'entraient que par cent grammes et demi-litres! Un produit aussi fameux dans un buffet voué aux étiquettes de bazar! Quelle joie pour Marie! Quels tapages en perspective pour les gosses lancés à la découverte de ce Far-West inconnu, un goûter!

Il ne s'agissait là, au vrai, que de la joie des siens, joie matérielle faite de vanilline et de carton bariolé. Son bonheur à lui était tout autre, une félicité spirituelle, mêlée d'orgueil et de tendresse : mais oui, spirituelle.

Quelques instants plus tôt, après avoir distribué

1. Grosse brioche de Noël, traditionnelle dans le Milanais.

enveloppes de paye et vœux de Noël avec une condescendante bonhomie de vieux hiérarque, le Commendatore, son chef de service, avait ajouté que la brioche de sept kilos offerte par la Grande Firme productrice irait à l'employé le plus méritant et qu'en conséquence il priait ses chers collaborateurs de bien vouloir désigner, séance tenante, démocratiquement (ce furent ses propres termes), l'heureux bénéficiaire.

Le *panettone* entre-temps était là, au milieu de la pièce, massif, hermétiquement clos, « de présages comblé » aurait dit vingt ans plus tôt le Commandatore, sacrifiant à la rhétorique. Petits rires et chuchotis s'étaient répandus parmi les collègues; puis, tous, à commencer par le Directeur, avaient clamé son nom. Un immense satisfecit, l'assurance de garder son emploi, bref, un triomphe; et rien dès lors n'avait pu altérer cette sensation tonifiante, ni les trois cent lires qu'il s'était vu contraint de débourser en bas, au bar, dans les blêmissures conjointes d'un néon sous-volté et d'un crépuscule orageux, pour payer un café aux amis, ni le poids du butin, ni les injures récoltées durant le trajet en autobus; rien, même pas l'idée soudaine, au tréfonds de sa conscience, qu'il s'agissait d'un acte de méprisante pitié à l'égard du collègue le plus nécessiteux : il était vraiment trop pauvre pour se permettre de laisser pousser l'ivraie de l'amour-propre n'importe où.

Il rentra chez lui en longeant une rue décrépite où les bombardements quinze ans plus tôt avaient mis une dernière touche. L'immeuble était tapi là-bas, fantomatique, au bout d'un spectre de place.

Il lança un bonsoir viril à Cosimo, le concierge, qui méprisait ce locataire dont le salaire était inférieur au sien. Neuf marches, trois marches, neuf marches : ici habitait le Cavaliere C. Pouah! Une Fiat 1.100, bien sûr, mais avec ça une femme laide, vieille et mal embouchée. Neuf marches, trois marches, un faux pas, neuf marches : le cabinet du Docteur D., de mal en pis. Un fils désœuvré qui ne rêvait que scooters, et pas un chat dans l'antichambre. Neuf marches, trois marches, neuf marches : son propre appartement, le « chez soi » d'un homme aimé, honnête, honoré, récompensé, l'intérieur d'un comptable hors de pair.

Il ouvrit la porte, se faufila dans l'entrée exiguë, toute imprégnée déjà de relents d'oignon roussi; sur un bahut pas plus grand qu'une corbeille, il déposa le lourd paquet, la serviette que lestaient les intérêts d'autrui, le cache-col récalcitrant, puis claironna : « Marie, Marie! Viens voir cette merveille! »

La femme sortit de la cuisine : un peignoir bleu maculé de suie, deux petites mains violacées par les rinçages et posées sur un ventre que les maternités successives avaient avachi. La morve au nez, les gosses se bousculaient et jacassaient autour du mastodonte rose sans oser y toucher.

— Félicitations! Et ta paye? C'est que je n'ai plus un sou, moi.

— Bien sûr, chérie, bien sûr; elle est là. Je garde seulement la monnaie : deux cent quarante-cinq lires. Mais tu as vu, dis, quelle bénédiction!

Elle avait été mignonne, Marie; naguère encore

deux yeux mutins éclairaient sa jolie frimousse. Mais les querelles avec les boutiquiers avaient fini par érailler sa voix; les privations, par brouiller son teint; un avenir plein de brumes et d'écueils, par ternir l'éclat de son regard. D'elle ne survivait désormais qu'une âme sainte, et partant, inflexible, privée de tendresse; une bonté foncière, réduite à s'exprimer seulement à coup de rebuffades et d'interdits; un orgueil de caste, aussi, humilié mais tenace, car Marie était la petite-fille d'un grand chapelier de la Via Indipendenza et méprisait les origines de « son Jérôme », qu'au demeurant elle adorait comme on adore un enfant stupide et chéri.

Les yeux de Marie glissèrent avec indifférence sur le brillant emballage :

— C'est très bien. Nous l'enverrons demain à Me Risma; nous sommes ses obligés.

Deux ans auparavant, cet avocat avait chargé Jérôme d'un travail de comptabilité assez ardu : non content de le rétribuer, il les avait en outre invités tous deux à déjeuner, chez lui, dans un appartement « fonctionnel » et métallique où le pauvre comptable, chaussé en l'occurrence de souliers neufs, avait enduré le martyre. Et à présent, pour cet homme de loi à l'abri du besoin, sa Marie, son André, son Antoine, la petite Joséphine et lui-même devaient se priver du seul filon de richesse découvert après tant d'années ?

Il se précipita dans la cuisine, y prit un couteau; il allait faire sauter les ficelles dorées qu'une industrieuse ouvrière milanaise avait si joliment nouées autour de l'emballage, lorsqu'une main rougie et lasse se posa sur son épaule :

— Ne fais pas l'enfant, Jérôme. Tu sais bien que nous sommes les obligés de Me Risma.

C'était la Loi qui parlait, la Loi, héritage des chapeliers irréprochables.

— Mais c'est une récompense, chérie, une preuve de mérite, un témoignage de considération !

— Penses-tu. Ils peuvent repasser, tes collègues, pour les sentiments délicats ! Une aumône, Jéro, rien de plus qu'une aumône.

Elle l'appelait de nouveau par le petit nom des jours tendres. Elle lui souriait, d'un regard où lui seul pouvait retrouver les sortilèges d'antan.

« Demain, tu achèteras un autre *panettone*, un tout petit, c'est suffisant pour nous. Et aussi quatre bougies, de celles en tire-bouchon, qu'on trouve au Monoprix; ça sera encore du luxe.

Le lendemain, il se procura en effet une petite brioche anonyme et deux, sinon quatre, des merveilleuses bougies; puis il chargea une agence de remettre le mastodonte à Me Risma, ce qui lui coûta encore deux cents lires.

Après la Noël, il fut obligé d'acheter un troisième gâteau et de l'apporter, préalablement coupé en tranches, à ses collègues — lesquels, pour se moquer de lui, se plaignaient de n'avoir pas eu la moindre miette du festin.

Puis, le plus profond mystère se fit sur le sort du premier *panettone*.

Jérôme se rendit à l'agence « Eclair », bien décidé

à réclamer. On lui fourra sous le nez l'accusé de réception, signé au verso par le domestique de l'avocat. Après le jour des Rois, arriva une petite carte de visite « avec les plus vifs remerciements et les meilleurs vœux de... »

L'honneur était sauf.

Le professeur et la sirène

(Lighea)

Cette année-là, sur la fin de l'automne, c'était en 1938, je me trouvais en pleine crise de misanthropie. J'habitais alors Turin et ma « poupée » nº 1, fouillant mes poches à la recherche d'un billet de cinquante lires, y avait découvert, pendant mon sommeil, un mot de ma « poupée » nº 2, mot qui ne laissait aucun doute, malgré les fautes d'orthographe, sur la nature de nos relations.

Mon réveil fut immédiat et orageux. La garçonnière de Via Peyron résonna de fulminantes tournures dialectales; il y eut même une tentative pour m'arracher les prunelles, que je ne pus déjouer qu'en tordant un peu le poignet gauche de la chère enfant. Cet acte de défense pleinement justifié mit un terme à la scène, mais aussi à l'idylle. La demoiselle se rhabilla en toute hâte, fourra dans son sac à main houpette, rouge à lèvres, petit mouchoir et billet de cinquante lires — cause de tant de maux — me jeta au visage un triple « cochon! » et s'en alla. Jamais elle n'avait été aussi ravissante que pendant ce quart d'heure de furie. Par la fenêtre, je la vis sortir et s'éloigner dans la brume matinale, grande, élancée, parée d'une élégance reconquise.

Je ne l'ai pas revue depuis, non plus que le chandail de cachemire noir qui m'avait coûté une fortune et dont la coupe avait le funeste mérite de convenir également aux hommes et aux femmes. Elle se contenta de laisser sur le lit deux épingles à cheveux entortillées, de l'espèce dite « invisibles ».

Ce même après-midi, j'avais rendez-vous avec la nº 2 dans un salon de thé, place Carlo Felice. A la table ronde qui était « la nôtre », dans l'angle ouest de la seconde salle, j'aperçus non point les mèches brunes de la jeune enfant plus que jamais désirée mais la frimousse délurée de Tonino, son petit frère de douze ans, qui finissait à peine d'engloutir un chocolat double crème. Lorsque je m'approchai il se leva avec l'habituelle courtoisie turinoise :

— M'sieur, me dit-il, Josette ne viendra pas; elle m'a chargé d'vous donner ce billet. Au r'voir M'sieur.

Et il sortit en emportant les deux brioches qui restaient sur l'assiette. Par ce bristol ivoire on me notifiait un congé sans rémission que motivaient mon infamie et une « malhonnêteté toute méridionale ». Il apparaissait clairement que la nº 1 avait retrouvé puis suborné la nº 2 et que j'étais resté assis entre deux chaises.

En douze heures j'avais perdu deux amies utilement complémentaires, plus un chandail auquel je tenais beaucoup; il m'avait fallu en outre payer la consommation de cet infernal Tonino. Mon amour-propre de Sicilien souffrait : on m'avait eu; aussi décidai-je d'abandonner pour quelque temps le monde et ses pompes.

Pour cette période de retraite, aucun lieu n'était mieux indiqué que le café de Via Po où à présent, seul comme un chien, je me rendais dès que j'avais un instant de libre, en tout cas chaque soir, après mon travail au journal. C'était une sorte d'Hadès peuplé par des ombres exsangues de lieutenants-colonels, de magistrats et de professeurs à la retraite. Ces vaines silhouettes jouaient aux dames ou aux dominos, plongées dans une lumière qu'obscurcissaient durant le jour portiques et nuages, et que voilaient, le soir venu, d'énormes abat-jour verts; jamais elles n'élevaient la voix, craignant sans doute qu'un son trop fort ne défît la trame fragile de leur apparence. Des limbes à ma mesure.

En bon animal routinier, je m'asseyais toujours à la même table d'angle, soigneusement conçue pour offrir le maximum d'inconfort au client. A ma gauche, deux spectres d'officiers supérieurs jouaient au tric-trac avec deux larves de conseillers à la cour d'appel; les dés militaires et judiciaires glissaient sans bruit du cornet de cuir. A ma droite se tenait immanquablement un homme de grand âge, fagoté dans un vieux pardessus à col d'astrakan plutôt pelé. Il lisait sans arrêt des revues étrangères, fumait des cigares toscans et crachait d'abondance; de temps à autre, il refermait les revues et semblait se laisser aller, dans les volutes de fumée, au fil de quelque souvenir. Après quoi il se remettait à lire et à cracher. Il avait des mains très laides, noueuses, rougeâtres, aux ongles coupés droit et pas toujours nets; mais un jour, lorsque dans une de ses revues il tomba sur la photographie d'une statue grecque archaïque, un de ces visages aux yeux écartés, au sourire ambigu, je fus surpris de voir ses doigts difformes caresser l'image avec une délicatesse proprement royale. Il s'aperçut que je l'avais remarqué, grogna de fureur et commanda un deuxième café-express.

Nos relations en seraient restées à cette hostilité latente, n'eût été un incident heureux. J'emportais toujours de la rédaction cinq ou six quotidiens, entre autres, une fois, le *Journal de Sicile*. C'était l'époque où sévissait à fond le Ministère de la culture populaire, et tous les journaux se ressemblaient; aussi ce numéro de quotidien palermitain, plus banal que jamais, ne se distinguait-il d'un journal de Rome ou de Milan que par ses imperfections typographiques; ma lecture fut brève et j'abandonnai vite le journal sur la table. Je venais tout juste d'amorcer la contemplation d'une autre incarnation du M. C. P. lorsque mon voisin m'adressa la parole :

— Excusez-moi, Monsieur, vous déplaîrait-il que je jette un coup d'œil sur ce *Journal de Sicile ?* Je suis Sicilien et n'ai pas eu depuis vingt ans l'occasion de lire une feuille du cru.

La voix était des plus cultivées, l'accent irréprochable; les yeux gris du vieil homme me regardaient avec un détachement profond.

— Je vous en prie, ne vous gênez pas. Je suis

moi-même Sicilien et il m'est très facile, si vous le désirez, d'apporter ici chaque soir un exemplaire.

— Merci, je ne pense pas que ce soit nécessaire; il s'agit chez moi d'une simple curiosité « physique ». Si la Sicile est encore ce qu'elle était de mon temps, rien de bon ne doit s'y passer, j'imagine; comme depuis trois mille ans.

Il parcourut les pages, les replia, me les rendit et se plongea dans la lecture d'un opuscule. En partant, il voulut de toute évidence se dérober aux salutations, mais je me levai à mon tour et me présentai; il murmura son nom entre ses dents d'une façon inintelligible, et sans me tendre la main; sur le seuil du café cependant il se retourna, souleva son chapeau et me lança d'une voix forte :

— Salut, pays.

Il disparut sous les portiques, me laissant ébahi et soulevant quelques plaintes réprobatrices parmi les ombres qui jouaient.

Je fis les gestes rituels propres à susciter l'apparition d'un garçon de café, et demandai en désignant la table vide :

— Qui était ce Monsieur ?

— Çui-là, me répondit-on, c'est le sénateur Rosario la Ciura.

Ce nom, malgré les lacunes de ma culture journalistique, éveillait en moi plus d'un écho : c'était en effet celui d'un des cinq ou six Italiens jouissant d'une réputation universelle, le nom du plus illustre helléniste contemporain. Je pus ainsi m'expliquer les volumineuses revues et l'illustration caressée; de même la rudesse et le raffinement caché.

Le lendemain, au journal, j'entrepris de compulser l'étrange fichier qui renferme les notices nécrologiques « en instance ». La fiche « La Ciura » s'y trouvait, passablement rédigée : une fois n'est pas coutume. J'appris que le grand homme était né à Aci-Castello (Catane) dans une pauvre famille de la petite bourgeoisie, et qu'une stupéfiante aptitude pour la langue grecque, force bourses d'études et de nombreuses publications érudites lui avaient permis d'obtenir à vingt-sept ans la chaire de littérature grecque à l'université de Pavie; appelé ensuite aux mêmes fonctions à Turin, il y était resté jusqu'à la limite d'âge; chargé de cours à Oxford et à Tübingen, il avait fait de nombreux voyages, même lointains : sénateur pré-fasciste et académicien des Lincei, il était également docteur *honoris causa* des universités de Yale, d'Harward, de la Nouvelle-Delhi, de Tokio et, cela va sans dire, des plus illustres universités européennes, de Salamanque à Upsal. La liste de ses publications se révélait fort longue et plusieurs de ses ouvrages, en particulier sur les dialectes ioniens, étaient tenus pour fondamentaux; il suffira de rappeler que La Ciura avait été le seul étranger à se voir confier l'édition teubnérienne d'Hésiode et qu'on lui devait à ce titre une introduction en latin dont la profondeur et la science demeuraient inégalées; enfin, gloire suprême, il n'était pas membre de l'Académie d'Italie. Ce qui toujours l'avait distingué de ses collègues, pourtant fort érudits, c'était un sens vivant, presque charnel, de l'antiquité classique; témoin un recueil d'essais en italien, intitulé *Hommes et Dieux*, considéré à la fois comme une œuvre de haute érudition et comme un riche poème. Bref, il était « l'honneur d'une nation et un phare pour toutes les cultures », ainsi concluait le compilateur. Il avait soixante-quinze ans et vivait loin de toute opulence, mais décemment, de sa retraite et de son indemnité sénatoriale. Il était célibataire.

Pourquoi le nier : en fils (ou pères) du premier lit de la Renaissance, les Italiens estiment que le Grand Humaniste est entre tous un être supérieur. La possibilité de me trouver désormais à proximité quotidienne du plus illustre représentant de cette science délicate, quasi-nécromantique et peu rentable, me flattait et me troublait à la fois; j'éprouvais les mêmes sensations qu'un jeune Américain présenté à Monsieur Gillette : crainte et respect mêlés à une forme particulière d'envie sans rien d'ignoble.

Le soir venu, je descendis aux limbes dans un esprit tout autre que celui des jours précédents. Le sénateur occupait déjà sa place et répondit à mon salut respectueux par un marmottis à peine perceptible. Néanmoins, lorsqu'il eut fini de lire un article et de compléter quelques notes sur un calepin, il se tourna vers moi et me dit d'une voix étrangement musicale :

— Pays, à la façon dont tu m'as salué, je me suis

aperçu que quelqu'une de ces larves t'avait dit qui j'étais. Oublie-le, et si ce n'est déjà fait, oublie de même les aoristes appris en classe. Dis-moi plutôt ton nom et pourquoi hier soir tu t'es présenté avec le bredouillis habituel : je n'ai pas comme toi la ressource de demander ton nom à d'autres, car nul ici, sûrement, ne te connaît.

Il parlait sur un ton détaché, avec insolence; de toute évidence j'étais pour lui moins qu'un insecte, quelque chose comme ces grains de poussière qui tournoient sans but dans un rai de soleil. Mais la voix posée, le mot précis, le tutoiement procuraient la même sensation de sérénité qu'un dialogue platonicien.

— Je m'appelle Paolo Corbèra et suis né à Palerme, où j'ai fait mon droit; à présent je travaille ici, comme rédacteur à la *Stampa*. Pour vous rassurer, sénateur, j'ajouterai que j'ai obtenu un demi-point en grec, au baccalauréat; et j'ai motif de croire qu'on m'a accordé ce demi-point-là dans le seul but de m'octroyer malgré tout le diplôme.

Il eut un demi-sourire :

— Je te remercie de ta franchise. Cela vaut mieux. Je déteste parler avec des gens qui croient savoir quand ils ignorent, comme mes collègues d'Université; au fond, ils ne connaissent du grec que les formes extérieures, ses extravagances, ses difformités. L'esprit vivant de cette langue, stupidement dite « morte », ne leur a pas été révélé. Rien, d'ailleurs, ne leur a été révélé. Pauvres gens : comment pourraient-ils saisir l'esprit, puisqu'ils n'ont jamais eu l'occasion d'entendre le grec ?

L'orgueil oui, bien sûr, est toujours préférable à la

fausse modestie, mais le sénateur me paraissait exagérer; j'eus même la pensée soudaine que les années avaient pu ramollir quelque peu ce cerveau exceptionnel. Ses collègues, pauvres diables, avaient eu ni plus ni moins que lui, c'est-à-dire jamais, l'occasion d'entendre parler le grec ancien.

En attendant, il poursuivait :

« Paolo... tu as de la chance de porter le nom du seul apôtre nanti d'un peu de culture et d'un certain vernis littéraire. Jérôme, cependant, eût été mieux. Les autres prénoms qu'en bons chrétiens vous colportez sont vraiment trop vils. Des noms d'esclaves.

Il continuait à me décevoir; il rappelait trop l'inévitable académicien « mangeur-de-curé », avec en plus une pointe de nietzschéisme fascisant. Était-ce possible ?

De sa voix aux modulations prenantes, fougueux comme quelqu'un qui aurait gardé le silence trop longtemps, il se laissait aller à discourir :

« Corbèra... n'est-ce point là, si je ne m'abuse, un grand nom sicilien ? Il me souvient que mon père payait chaque année pour notre maison de Aci-Castello un petit loyer à l'intendance d'une famille Corbèra di Palina ou Salina, je ne sais plus au juste. Chaque fois même, il répétait en plaisantant que s'il y avait quelque chose de sûr au monde, c'était que ces quelques lires n'iraient jamais finir dans les poches du « domaine direct [1] », comme il disait. Mais, es-tu vraiment l'un de ces Corbèra ou simplement le des-

1. C'est-à-dire du propriétaire.

cendant d'un fermier qui aurait pris le nom des maîtres ?

J'avouai être un vrai Corbèra di Salina, voire le seul exemplaire survivant de la famille : tous les fastes et les péchés, toutes les redevances inexactes, les dettes impayées, toutes les Guéparderies, en somme, étaient concentrés en moi seul. Fait paradoxal, le sénateur parut s'en réjouir.

— Très bien, très bien. J'ai beaucoup de considération pour les vieilles familles. Elles ont une mémoire, minuscule certes, mais de toute façon plus grande que les autres. Elles constituent ce que vous pouvez espérer de mieux en matière d'immortalité physique. Songe à te marier bientôt, Corbèra, car vous n'avez rien trouvé de mieux pour survivre que de gaspiller votre semence dans les endroits les plus invraisemblables.

Décidément, il me faisait perdre patience. « Vous, vous. » Qui, vous ? Le vil troupeau qui n'avait pas eu la chance d'être le sénateur La Ciura ? Et lui, l'obtenait-il cette immortalité physique ? Rien de moins sûr à voir son visage ridé, son corps bouffi...

« Corbèra di Salina, poursuivait-il sans désemparer. M'en voudras-tu si je continue à te tutoyer comme un de mes petits élèves qui sont jeunes l'espace d'un matin ?

Je me déclarai non seulement honoré mais aussi très heureux, comme en effet je l'étais. Les questions de noms et de protocole une fois réglées, nous parlâmes de la Sicile. Cela faisait vingt ans qu'il l'avait quittée et la dernière fois qu'il était retourné « là-bas » (comme il disait, à la piémontaise) ce n'avait été que pour cinq jours, à Syracuse, où il devait discuter avec Paolo

Orsi de questions concernant l'alternance des demi-chœurs dans le théâtre antique.

« Je me souviens qu'ils ont tenu à m'emmener en voiture de Catane à Syracuse; et j'ai accepté en apprenant que la route pour Augusta passe loin de la mer, tandis que le chemin de fer longe le littoral. Parle-moi de notre île; c'est une belle terre, n'est-ce pas, bien qu'elle soit peuplée de bourriques. Les Dieux y ont séjourné, et peut-être durant les mois d'août inépuisables y séjournent-ils encore. Mais ne me rabats surtout pas les oreilles avec les quatre temples trop récents que vous avez, d'autant plus que tu n'y entends rien, j'en suis sûr.

Nous évoquâmes donc l'éternelle Sicile, celle des choses de la nature : l'odeur du romarin sur les Nebrodi, la saveur du miel de Melilli, la houle des moissons sous le vent d'un jour de mai comme on peut la voir d'Enna, les lieux de solitude qui entourent Syracuse, les rafales de parfum qu'orangers et citronniers déversent, dit-on, sur Palerme lors de certains couchants, au mois de juin. Nous parlâmes des ensorcelantes nuits d'été face au golfe de Castellammare, quand les étoiles se reflètent sur la mer qui dort, quand l'esprit de celui qui est couché à la renverse au milieu des lentisques se perd dans le gouffre du ciel, tandis que son corps redoute, tendu et aux aguets, l'approche des démons.

Malgré cinquante ans d'absence presque ininterrompue, le sénateur conservait le souvenir singulièrement précis d'une quantité de menus faits.

— La mer! La mer de Sicile est la plus colorée, la

plus romantique qu'il m'ait été donné de voir; ce sera la seule chose que vous ne parviendrez pas à gâcher, loin des villes, bien entendu. Sert-on encore, dans les petits restaurants du rivage, les oursins hérissés de piquants, fendus en deux ?

Je le rassurai, non sans ajouter que peu de gens en mangeaient aujourd'hui par crainte de la typhoïde.

« Et pourtant vous n'avez rien de plus beau là-bas que ces cartilages sanguins, ces simulacres féminins au parfum de sel et d'algue. Typhoïde, typhoïde ! Les oursins ne sont ni plus ni moins dangereux que les autres dons de la mer qui dispense la mort et l'immortalité. Dès notre arrivée à Syracuse je les ai réclamés à Paolo Orsi. Quelle saveur, quel aspect divin ! Le plus beau souvenir de mes cinquante dernières années !

J'étais confus et fasciné; comment un tel homme pouvait-il se laisser aller à des métaphores presque obscènes, afficher une gourmandise enfantine, pour les délices, après tout médiocres, d'un plat d'oursins ?

Nous bavardâmes encore longuement et lorsqu'il s'en alla il insista pour payer mon café, sans perdre l'occasion de manifester une fois de plus sa brutalité singulière (« C'est connu, les fils de famille n'ont jamais un sou vaillant »), et nous nous séparâmes bons amis, si on veut bien faire abstraction des cinquante ans qui séparaient nos âges et des milliers d'années lumière qui s'étendaient entre nos deux cultures.

Nous continuâmes chaque soir à nous rencontrer, et quoique la fumée de mes fureurs envers l'humanité commençât à se dissiper, je me faisais un devoir de ne jamais manquer à nos tacites rendez-vous dans les enfers de Via Po; en vérité, nous parlions assez peu : lui continuait à lire et à prendre des notes, ne m'adressant la parole que de temps en temps, mais avec toujours un flot harmonieux d'orgueil et d'insolence mêlé d'allusions disparates, veiné d'obscure poésie. Il continuait aussi à cracher, et je finis par remarquer qu'il ne se le permettait qu'en lisant. Lui aussi, je crois, s'était pris à mon égard d'une certaine affection, mais il aurait été vain de se leurrer : si attachement il y avait, ce n'était point ce que l'un « d'entre nous » (selon la terminologie du sénateur) peut ressentir pour ses semblables; plutôt le sentiment qu'éprouve une vieille fille envers son canari : la présence du petit animal lui permet d'exprimer à haute voix des regrets auxquels il n'a aucune part, elle le sait, mais viendrait-il à lui manquer, qu'elle en ressentirait un malaise. Je pus noter que lorsque je tardais, les yeux hautains du vieil homme étaient braqués sur la porte.

Il fallut presque un mois pour que nous passions des considérations d'ordre général — chez lui, toujours des moins communes — aux sujets indiscrets qui seuls distinguent les conversations entre amis des propos échangés par de simples connaissances. Je pris moi-même l'initiative. Cette façon qu'il avait de cracher sans cesse m'agaçait (comme elle avait agacé les gardiens de l'Hadès qui en étaient arrivés à placer près du sénateur un étincelant crachoir de laiton), à tel point qu'un soir je ne pus m'empêcher de lui demander pourquoi il négligeait de soigner une bronchite aussi persistante. Je posai cette question sans réfléchir, me repentis aussitôt de l'avoir hasardée et attendis que le courroux sénatorial fasse choir sur ma tête les stucs du plafond. Or, la voix bien timbrée rétorqua posément :

— Mais, mon cher Corbèra, je n'ai pas la moindre bronchite. Toi qui es si bon observateur, tu aurais dû remarquer que je ne tousse pas avant de cracher. Mon crachat n'est pas signe de maladie, il témoigne au contraire d'une bonne santé mentale : je crache par dégoût des stupidités que je lis; si tu te donnais la peine d'examiner cet ustensile (il désigna le crachoir) tu t'apercevrais qu'il ne renferme que fort peu de salive et aucune trace de catarrhe. Mes crachats sont symboliques et hautement culturels; s'ils te déplaisent, Corbèra, retourne donc à tes salons natals où l'on s'interdit de cracher parce qu'on veut n'avoir à s'écœurer de rien.

Cette extraordinaire arrogance n'était atténuée que par le détachement du regard; l'envie me prit néanmoins de me lever et de planter là le vieil homme; par bonheur, j'eus le temps de réaliser mon inconséquence. Aussi restai-je, et l'intraitable sénateur passa de suite à la contre-attaque.

« D'ailleurs, pourquoi fréquentes-tu cet Erèbe plein d'ombres et, comme tu dis, de catarrhes : ce lieu géométrique de vies ratées ? Turin ne manque pourtant pas de ces créatures que vous jugez, vous autres, si désirables. Un séjour à l'hôtel du Castello, à Rivoli ou aux thermes de Moncalieri, et vous trouveriez vite la fange où vous ébattre.

Je me mis à rire en entendant des lèvres aussi doctes

fournir semblables précisions sur les lieux de plaisirs turinois.

— Comment se peut-il, sénateur, que vous connaissiez ces adresses ?

— Je les connais, Corbèra, je les connais. A fréquenter les assemblées académiques et politiques, on apprend cela, et rien d'autre. Tu me feras cependant la grâce de croire que ces sordides plaisirs n'ont jamais convenu à Rosario la Ciura.

Il disait vrai, cela se sentait : tout dans les attitudes et les propos du sénateur révélait sans ambiguïté (comme on dirait aujourd'hui) une continence qui ne devait rien à l'âge.

— Je dois avouer, sénateur, qu'au début je suis précisément venu chercher ici un refuge temporaire, loin du monde. J'avais eu des ennuis avec deux de ces demoiselles que vous avez si justement stigmatisées.

La réponse fut foudroyante, impitoyable :

— Cocu, hein, Corbèra ? Ou bien une maladie ?

— Non. Pis encore, hélas : un lâchage.

Et je lui relatai les ridicules événements des deux derniers mois. Je fis ce récit sur un ton plaisant, ma blessure d'amour-propre ayant fini par se cicatriser; toute autre personne que ce maudit helléniste se serait moquée de moi ou, à la rigueur, apitoyée sur mon compte. Mais le redoutable vieillard adopta une troisième attitude : il s'indigna.

— Voilà ce qui arrive, Corbèra, quand s'accouplent des êtres malades et miteux. Je n'hésiterais pas à le répéter, du reste, aux deux petites garces en parlant de toi, si à mon grand dégoût je devais les rencontrer.

— Malades, sénateur ? Elles se portaient chacune comme un charme; il fallait voir, grand dieux, l'appétit qu'elles avaient lorsque nous dînions aux Specchi; et miteuses, ça non : c'étaient deux filles superbes, élégantes même.

Le sénateur eut un jet de salive dédaigneux.

— Malades, oui, je le maintiens, malades; dans cinquante ou soixante ans, peut-être moins encore, elles crèveront; elles sont donc déjà malades. Et miteuses aussi : belle élégance que la leur, faite de pacotille, de chandails volés et de minauderies apprises au cinéma. Belle générosité qui consiste à pêcher des billets de banque crasseux dans les poches de son amant, au lieu de lui offrir — car d'autres le font — des perles fines et des branches de corail. Voilà ce qui arrive lorsqu'on s'acoquine avec ces avortons peinturlurés. Et n'éprouviez-vous aucune répugnance, elles aussi bien que toi, à couvrir de baisers vos futures carcasses entre des draps malodorants ?

Je répondis sottement :

— Les draps étaient toujours impeccables, sénateur !

Il s'emporta :

— Au diable les draps ! L'inévitable relent de cadavre, c'est en vous qu'il était. Je le répète, comment des êtres de leur acabit et du tien peuvent-ils combiner ensemble des orgies ?

J'avais ce jour-là jeté mon dévolu sur une délicieuse « cousette » de chez Ventura; aussi ne pus-je m'empêcher de regimber :

simplement que lors de notre rencontre il était ivre au point de ne plus rien comprendre; il a dû me confondre avec quelque banale pêcheuse.'

« Ces semaines de plein été passèrent aussi vite qu'un matin; lorsqu'elles se furent écoulées je m'aperçus qu'en réalité j'avais vécu des siècles. Cette enfant lascive, ce petit monstre cruel était aussi une mère d'une infinie sagesse dont la seule présence avait déraciné la foi, dissipé les métaphysiques; de ses doigts frêles, souvent ensanglantés, elle m'avait montré la voie des véritables repos éternels, celle aussi d'un ascétisme fondé non sur le renoncement, mais sur l'impossibilité d'accepter des plaisirs inférieurs. Je ne serai sûrement pas le deuxième à laisser son appel sans réponse, je ne refuserai pas cette sorte de grâce païenne qui m'a été accordée.

« Du fait même de sa violence, l'été fut bref. Peu après le 20 août, les premiers nuages, timidement, se rassemblèrent, et il y eut quelques rares gouttes de pluie, tièdes comme du sang. Les nuits furent un enchaînement, au bout de l'horizon, d'éclairs silencieux et lourds qui s'impliquaient l'un l'autre, semblables aux pensées d'un dieu. La mer couleur de tourterelle pleurait le matin sur ses tourments secrets et clapotait le soir, sans qu'il y eût la moindre brise, dans un dégradé de gris — fumé, acier, perle — doux à l'extrême et plus touchants que les splendeurs auxquelles ils succédaient. Très loin, des lambeaux de brume effleuraient la mer : peut-être sur les côtes grecques pleuvait-il déjà. L'humeur de Lighea elle-même passait de la ferveur aux

— On ne peut tout de même pas coucher uniquement avec des Altesses Sérénissimes !

— Qui te parle d'Altesses Sérénissimes ? Elles sont vouées au charnier comme les autres. Mais ces choses-là, jeune homme, tu ne saurais les comprendre, j'ai eu tort de t'en parler. Que toi et tes amies alliez vous vautrer dans le méphitique bourbier de vos plaisirs, c'est fatal. Rares sont ceux qui savent.

Les yeux au plafond il se prit à sourire; son visage avait une expression de ravissement; puis il me tendit la main et s'en alla.

On ne le revit pas durant trois jours; le quatrième, je reçus un coup de téléphone, à la rédaction. « C'est Monsieur Corbèra ? Je suis Bettina, la gouvernante de Monsieur le sénateur La Ciura. Il vous fait dire qu'il a eu un gros rhume, qu'à présent il va mieux et qu'il voudrait vous voir ce soir, après dîner. Venez au 18 Via Bertola, à neuf heures; deuxième étage. » Interrompue d'une main péremptoire, la communication fut sans appel.

Le numéro 18 de Via Bertola était un vieil immeuble délabré, mais l'appartement du sénateur se révéla vaste et bien tenu (sur l'insistance, je suppose, de Bettina). Dès le vestibule commençait l'enfilade des livres, volumes d'aspect modeste et à reliure bon marché comme on en trouve dans toutes les bibliothèques vivantes. Il devait y en avoir des milliers dans les trois pièces que je traversai. Arrivé sur le seuil de la quatrième, je vis enfin le sénateur, assis, revêtu d'une ample robe de chambre en poil de chameau dont la finesse et le mœlleux me surprirent. J'appris par la suite qu'il s'agissait en fait de la laine fort précieuse d'un animal péruvien, cadeau de l'Académie de Lima. Mon hôte se garda de se lever pour m'accueillir, mais me reçut avec une grande cordialité; il allait mieux, parfaitement bien, même, et comptait se remettre en circulation dès que la vague de froid qui sévissait alors sur Turin s'adoucirait. Il m'offrit du vin de Chypre, résineux, don de l'Institut italien d'Athènes, d'atroces loukoums roses, envoyés par la Mission archéologique d'Ankara, et des gâteaux turinois, plus rationnels, achats de la prévoyante Bettina. Il était de si belle humeur que par deux fois au moins il eut un franc sourire et alla jusqu'à s'excuser de ses emportements dans l'Hadès.

— Je sais, Corbèra, j'ai dû être excessif en paroles bien que modéré, crois moi, en pensée. N'y songe plus.

Je n'y songeais pas du tout et me sentais même plein de respect pour ce vieillard qui semblait fort malheureux malgré une carrière triomphale. Il dévorait ces abominables loukoums.

« Le propre des douceurs, Corbèra, c'est d'être douces et rien de plus. Lorsqu'elles ont une autre saveur, elles sont comme des baisers pervers.

Il donnait de gros morceaux de gâteau à Eaque, un boxer qui venait d'entrer :

« Malgré sa laideur, Corbèra, et pour qui sait le

comprendre, ce chien ressemble davantage aux Immortels que tes petites chapardeuses.

Il refusa de me montrer sa bibliothèque :

« Rien que des choses classiques qui ne sauraient intéresser un garçon comme toi, moralement recalé en grec.

Mais il me fit faire le tour de la pièce : son cabinet de travail. Peu de livres, parmi lesquels je remarquai le théâtre de Tirso De Molina, l'*Ondine* de Lamotte-Fouqué, le drame homonyme de Giraudoux et, à ma grande surprise, les œuvres de H. G. Wells; en revanche, on voyait aux murs d'énormes photographies, grandeur nature, de statues grecques archaïques; et non point les clichés habituels que chacun peut se procurer, mais des exemplaires stupéfiants, réclamés sans doute, avec autorité, et respectueusement envoyés par les musées du monde entier. Tous ces êtres superbes se trouvaient rassemblés là : le *Cavalier* du Louvre, la *Déesse assise* de Tarente (aujourd'hui à Berlin), le *Guerrier* de Delphes, la *Coré* de l'Acropole, l'*Apollon* de Piombino, la *Femme Lapithe* et le *Phébus* d'Olympie, le fameux *Aurige*... La pièce était comme éblouie par leurs sourires à la fois extatiques et voilés d'ironie, transfigurée par la sérénité hautaine des attitudes.

« Avec celles-ci, vois-tu, je ne dis pas; mais avec tes gamines : cent fois non.

Sur la cheminée, des amphores, des cratères antiques : Ulysse était lié au mât de son navire, et les sirènes se jetaient aux récifs, désespérées d'avoir laissé fuir leur victime.

« Des balivernes, mon cher, des balivernes de poètes petits bourgeois; nul n'en réchappe, et un seul y fût-il parvenu que les sirènes ne seraient pas mortes pour si peu. Comment d'ailleurs auraient-elles pu mourir ?

Sur un guéridon, et très simplement encadrée, une vieille photo pâlie : celle d'un jeune garçon de vingt ans, presque nu, aux cheveux bouclés en désordre; un visage audacieux, des traits d'une beauté rare. Perplexe, je m'arrêtai un instant : je crus avoir compris. Pas du tout.

« Et ça, pays, ça, ce fut et ce sera (il scandait les syllabes) Rosario la Ciura.

Le pauvre sénateur en robe de chambre avait été jadis un jeune dieu.

Nous parlâmes ensuite d'autre chose et, avant que je m'en aille, il me montra une lettre, en français, du Recteur de l'Université de Coimbra : on l'invitait à faire partie du Comité d'honneur du Congrès d'études grecques qui devait se dérouler en mai au Portugal.

« Je suis très content, Corbèra; j'embarquerai à Gênes sur le *Rex* en compagnie des congressistes français, suisses et allemands. Comme Ulysse, je me boucherai les oreilles pour ne pas entendre les sornettes de ces malheureux, et ce sera une belle croisière : le soleil, l'azur, l'odeur de la mer.

En sortant nous repassâmes devant la bibliothèque où se trouvaient rangées les œuvres de Wells et j'osai m'étonner de leur présence.

« Tu as raison, Corbèra : une horreur. Il y a même là un petit roman qui à le relire me donnerait envie de cracher d'affilée pendant un mois, et toi, bon petit chien de luxe, tu en serais sûrement scandalisé.

Après cette visite nos relations prirent un tour nettement cordial; de mon côté du moins. Je me livrai à des préparatifs savants pour faire venir de Gênes des oursins bien frais. La veille de leur arrivée, je me procurai du vin de l'Etna, du pain bis, et, anxieux, invitai le sénateur à visiter ma garçonnière. A mon grand soulagement, il accepta de très bon cœur. J'allai le chercher dans ma petite Simca 5 et le traînai jusqu'à la Via Peyron qui est un peu au diable vauvert. En voiture, il manifesta quelques craintes et ne montra pas la moindre confiance dans mes capacités de conducteur.

— Je te connais à présent, Corbèra; si par malheur nous rencontrions un de tes avortons enjuponnés, tu serais bien capable de te retourner et nous irions ensemble finir dans le décor.

Nous ne rencontrâmes aucun « nabot » digne d'attention et nous arrivâmes indemnes.

Pour la première fois depuis que je le connaissais, je vis rire le sénateur : ce fut en entrant dans ma chambre.

« Ainsi, Corbèra, c'est là le centre de tes aventures ordurières.

Il examina mes quelques livres :

« Bien, bien. Tu es peut-être moins ignorant qu'il n'y paraît. Celui-là, ajouta-t-il en prenant mon Shakespeare, celui-là comprenait au moins quelque chose.

A sea change into something rich and strange.

What potions have I drunk of Syren tears ?

Au salon, quand la brave Mme Carmagnola fit son entrée avec le plat d'oursins, les citrons et le reste, le sénateur tomba en extase.

« Quoi ? Tu as pensé à cela ? Comment as-tu deviné que je n'aimais rien plus ?

— Savourez-les en toute tranquillité, sénateur. Ce matin encore, ils baignaient dans la mer, sur la Riviera.

— Bien sûr, vous êtes tous pareil avec vos obsessions de décadence, de putrescibilité; toujours en train d'épier, avec vos longues oreilles, le pas traînant de la mort. Pauvres bougres ! Merci, Corbèra. Tu as été un bon *famulus*. Dommage que ces oursins ne viennent pas de là-bas, qu'ils ne soient pas enrobés dans nos algues; leurs piquants n'ont sans doute jamais versé une goutte de sang divin. Certes, tu as fait pour le mieux, mais se sont là des oursins presque sauvages, qui somnolaient sur les froids récifs de Nervi ou d'Arenzano.

On voyait que le Sénateur était de ces Siciliens pour lesquels le littoral ligure, région tropicale aux yeux des Milanais, est une sorte d'Islande. Les oursins, fendus en deux, montraient leur chair blessée, sanguine, cloisonnée d'étrange façon. Jusque-là je ne l'avais pas remarqué, mais maintenant, après les comparaisons bizarres du sénateur, ils me faisaient vraiment penser à quelque coupe d'organes féminins et délicats. Lui les dégustait avec avidité et pourtant sans joie, l'air recueilli, presque navré. Il refusa de presser du citron dessus.

« Vous autres, avec votre manie des saveurs accouplées ! L'oursin doit aussi avoir un goût de citron, le sucre un goût de chocolat, l'amour un goût de paradis !

Quand il eut terminé, il but une gorgée de vin et ferma les yeux. Peu après je vis couler deux larmes sous ses paupières flétries. Il se leva, s'approcha de la fenêtre, essuya furtivement ses joues. Puis se retournant soudain :

« Es-tu jamais allé à Augusta, Corbèra ?

J'y avais passé trois mois lors de mon service militaire; pendant les heures de quartier libre, nous partions en barque, à deux ou trois, sur les eaux transparentes des golfes. Le Sénateur se tut, avant de lancer, d'une voix irritée :

« Et la petite baie après Punta Izzo, derrière le promontoire qui surplombe les salines, vous, les conscrits, y êtes-vous allés ?

— Certes oui : c'est le plus beau coin de Sicile, et par bonheur encore ignoré des « vacanciers ». Une côte si sauvage, sénateur, absolument déserte, sans même une seule maison; la mer a la couleur du plumage des paons; et juste en face, au delà des flots changeants, surgit l'Etna; de nul endroit il n'apparaît aussi beau, aussi calme et puissant, aussi divin. C'est un des lieux où l'on peut voir le visage éternel de cette île qui a si stupidement tourné le dos à sa vocation première : servir de pâturage aux troupeaux du soleil.

Le sénateur se taisait. Puis :

— Tu es un bon garçon, Corbèra; si tu étais un peu moins ignorant, on aurait pu faire quelque chose de toi.

Il s'approcha, m'embrassa sur le front.

« Et maintenant, va chercher ta trottinette, je veux rentrer chez moi.

Au cours des semaines suivantes, nous continuâmes à nous rencontrer. Nous faisions à présent des promenades nocturnes, généralement le long de la Via Po et à travers la toute militaire Piazza Vittorio, pour aller voir le fleuve et la Colline tempérer d'un peu de fantaisie la rigueur géométrique de la ville. C'était le début du printemps, l'émouvante saison des amours menacées; sur les berges pointaient les premiers lilas; les plus pressés d'entre les jeunes couples sans refuge bravaient l'humidité du gazon.

— Là-bas, déjà le soleil brûle et les algues fleurissent; pendant les nuits de lune, les poissons font surface et l'on peut voir des corps jaillir dans les phosphorescences de l'écume; en attendant nous sommes ici, devant ce cours d'eau désert, insipide, ces casernes alignées comme des soldats ou des moines; et nous écoutons, Corbèra, le sanglot des agonisants qui s'accouplent.

Il se réjouissait cependant à la pensée de son prochain voyage en mer jusqu'à Lisbonne; le départ était maintenant proche.

« Une traversée bien agréable; tu devrais m'accompagner; dommage que ce ne soit pas une assemblée pour déficients en grec; avec moi, on peut encore parler italien, mais si devant Zuckmayer ou Van der Voos tu t'avisais de montrer que tu ignores les optatifs de tous les verbes irréguliers, tu serais fichu; pourtant, tu as peut-être une conscience des réalités grecques supérieure à celle de ces messieurs; non du fait de ta culture, certes, mais par instinct animal.

Deux jours avant son départ pour Gênes, il m'annonça qu'il ne viendrait plus au café mais m'attendrait le lendemain chez lui, à neuf heures du soir.

Le cérémonial fut celui de la première fois : les images des dieux d'il y a trois mille ans répandaient leur jeunesse comme s'irradie la chaleur; la photo pâlie du divin adolescent de cinquante ans plus tôt semblait s'effarer à la vue de sa métamorphose, cet être décrépit et affaissé dans un fauteuil.

Lorsque nous eûmes bu le vin de Chypre, le sénateur appela Bettina et lui dit qu'elle pourrait disposer :

— J'accompagnerai moi-même Monsieur quand il partira.

« Vois-tu, Corbèra, si je t'ai fait venir ce soir au risque de compromettre quelque fornication du côté de Rivoli, c'est que j'ai besoin de toi. Je pars demain, et sait-on jamais à mon âge, si ce ne sera pas pour toujours; a fortiori quand il s'agit d'un voyage en mer.

Tu sais, au fond, je t'aime bien : ta naïveté me touche, les grosses manigances de ton désir me divertissent; je crois d'autre part avoir compris qu'à l'instar des Siciliens de la meilleure espèce, tu as su réaliser une synthèse entre sens et raison. Tu ne mérites donc pas que je te laisse sur ta faim, que je parte sans t'expliquer certaines de mes bizarreries, certaines phrases que j'ai prononcées devant toi et qui t'ont sûrement paru dignes d'un fou.

Je protestai faiblement :

— Sans doute n'ai-je pas toujours compris grand-chose à vos propos, sénateur, mais j'en ai chaque fois rendu responsable mon manque d'esprit, non quelque aberration de votre part.

— Peu importe, Corbèra, de toute façon c'est pareil. Les vieillards passent pour fous aux yeux des jeunes gens, alors qu'il s'agit souvent du contraire. Pour mieux m'expliquer, cependant, je vais te conter mon aventure, qui n'est guère banale. Cela s'est passé quand j'étais le jeune monsieur que voici — il désigna sa photo — et remonte à 1887, époque qui doit te sembler préhistorique : mais qui pour moi ne l'est certes pas.

Il quitta la place qu'il occupait derrière le bureau et vint s'asseoir à mes côtés sur le divan.

« Excuse-moi, n'est-ce pas, mais il me faudra bientôt parler à voix basse. Les choses importantes ne sauraient être braillées; les hurlements de haine ou d'amour ne s'entendent qu'au mélodrame ou chez les gens les plus incultes, ce qui d'ailleurs revient au même. Donc, en 1887, j'avais vingt-quatre ans; tu peux juger de mon aspect d'après cette photographie; déjà diplômé en littératures antiques, j'avais en outre publié sur les dialectes ioniens deux petits opuscules qui avaient fait quelque bruit dans le Landerneau universitaire; enfin je préparais depuis un an le concours de l'Université de Pavie. Par ailleurs, je n'avais encore approché aucune femme : à vrai dire je n'en ai approché ni avant ni après cette année-là.

Je croyais avoir gardé un visage de marbre : je me trompais.

« Tes battements de cils sont bien grossiers, Corbèra : ce que j'avance est pure vérité, oui, pure, et je m'en flatte. Je sais que nous autres Catanais passons pour capables d'engrosser nos nourrices, et ce doit être vrai. Pas pour moi cependant. Lorsqu'on fréquente jour et nuit des dieux ou des demi-déesses comme je le faisais alors, on n'a plus grande envie d'aller gravir les marches des lupanars de San Berillio. D'ailleurs j'étais retenu, à l'époque, par des scrupules religieux. Corbèra, tu devrais apprendre à contrôler tes cils : ils te trahissent sans cesse. Scrupules religieux, disais-je. Et j'ai spécifié : à l'époque. Aujourd'hui je n'en ai plus; mais pour ce qui nous occupe, le changement ne m'a servi à rien.

« Toi, mon cher Corbèra, qui dois sans doute ta place de journaliste au petit mot d'un zélateur du régime, tu n'imagines pas ce qu'exige la préparation d'un concours pour une chaire de littérature grecque. Il faut « bûcher » pendant deux ans jusqu'aux limites de la démence. Par bonheur je connaissais assez bien la langue, c'est-à-dire, et sans me vanter, aussi bien qu'à présent... mais le reste : les variantes alexandrines et byzantines de chaque texte, les passages cités, toujours très mal, par les auteurs latins, les innombrables rapports entre littérature, mythologie, histoire, philosophie, sciences! Crois-moi, de quoi devenir fou. Je travaillais donc comme une brute et donnais en plus des leçons à quelques lycéens « recalés » afin de pouvoir payer ma chambre en ville. On peut le dire : je me nourrissais uniquement d'olives noires et de café. Pour corser les choses, il y eut la catastrophe de l'été 1887, une calamité vraiment infernale, comme il s'en produit là-bas de temps à autre. L'Etna revomissait pendant la nuit l'ardeur solaire qu'il avait emmagasinée durant les quinze heures du jour; touchait-on à midi les barreaux d'un balcon, qu'il fallait sur le champ courir au dispensaire; les pavés de lave semblaient sur le point de retrouver leur fluidité; et presque chaque jour, le sirocco te plaquait au visage ses ailes visqueuses de chauve-souris. J'allais crever. Un ami me sauva : il me rencontra alors que j'errais hébété à travers les rues, bredouillant des vers grecs dont le sens m'échappait. Mon état l'impressionna. « Ecoute, Rosario, si tu restes ici plus longtemps, on t'enfermera et adieu concours. Je pars pour la Suisse (ce garçon avait de l'argent) mais je possède à Augusta une bicoque de trois pièces, à vingt mètres de la mer, et assez loin du village. Fais ton baluchon, prends tes bouquins et va y passer l'été. Tu n'as qu'à venir chez moi dans une heure : je te remettrai la clef. Tu verras, là-bas c'est autre chose. Une fois à la gare, demande où se trouve le mas Carobene, tous le connaissent. Mais pars pour de bon, dès ce soir.'

« Je suivis ce conseil et le lendemain, au lieu de retrouver les tuyaux de vidange qui au fond de la cour me saluaient dès l'aube, je m'éveillai face à la mer, avec au fond l'Etna sans plus rien d'implacable, voilé de brumes matinales. Le port était absolument désert, comme tu as pu encore le voir, et d'une beauté incomparable. La maisonnette et ses pièces délabrées contenaient en tout et pour tout le sofa sur lequel j'avais passé la nuit, une table et trois chaises; dans la cuisine, quelques marmites en terre et une vieille lampe. Derrière la maison, un figuier et un puits. Bref, le paradis. Je me rendis au village, trouvai le paysan qui s'occupait du lopin de terre Carobene et convins avec lui que, chaque deux ou trois jours, il m'apporterait du pain, des pâtes, quelques légumes et du pétrole. Quant à l'huile, j'utilisais celle de chez nous : ma pauvre mère me l'avait fait parvenir à Catane. Je louai une petite barque que le pêcheur me laissa dans l'après-midi avec une nasse et quelques hameçons. J'étais résolu à ne plus bouger pour au moins deux mois.

« Carobene avait raison. C'était vraiment autre chose. La chaleur, certes, restait torride à Augusta, mais, sans la réverbération des murs, elle cessait d'abrutir et procurait une lénifiante euphorie. Le soleil avait dépouillé son rictus de bourreau et se contentait d'être un brutal mais riant dispensateur d'énergies, un magicien qui enchâssait des diamants fugaces sur le moindre frisson des flots. L'étude avait cessé pour moi d'être une peine : au balancement léger de la barque où je passais de longues heures, chaque livre, loin d'être un obstacle, m'offrait la clef d'un univers dont j'avais déjà sous les yeux un aspect des plus émouvants. Il m'arrivait souvent de scander à haute voix les strophes des poètes; et les noms des dieux oubliés, ignorés du plus grand nombre, effleuraient à nouveau cette mer qui, jadis et rien qu'à les entendre, s'enflait jusqu'au tumulte ou se faisait étale.

« Ma solitude était complète et seules l'interrompaient les visites du paysan qui, chaque trois ou quatre jours, m'apportait quelques provisions. Il s'arrêtait cinq minutes à peine : mon air exalté, mes cheveux en désordre, lui faisaient croire sans doute que j'étais au seuil d'une dangereuse folie. Le fait est que le soleil, l'isolement, les nuit passées sous la ronde des étoiles, le silence, le peu de nourriture et les sujets d'étude révolus entretenaient autour de moi comme une incantation qui prédisposait au prodige.

« Celui-ci survint dans la matinée du 5 août, vers six heures. Levé depuis peu, j'étais monté aussitôt en barque; quelques coups de rames avaient suffi pour m'éloigner des galets du rivage et je m'étais arrêté à l'ombre d'un rocher, protégé ainsi du soleil qui se montrait déjà, superbe de fureur, et changeait en bleu-or les nacres de la mer. J'étais en train de déclamer lorsque je sentis le bord de la barque s'enfoncer brusquement sur la droite, derrière moi, comme si quelqu'un cherchait à se hisser. Je me retournai : le visage lisse d'une adolescente émergeait de l'eau, deux petites mains s'agrippaient au bordage. Cette jeune fille, qui devait avoir seize ans, me souriait et ses lèvres pâles, à peine étirées, laissaient entrevoir de petites dents pointues et blanches, pareilles à celles des chiens. Rien de commun cependant avec les sourires que vous échangez, vous autres, toujours abâtardis par une expression accessoire, ironie ou bienveillance, pitié, cruauté ou dieu sait quoi; ce sourire-là, n'exprimait que lui-même, c'est-à-dire une joie d'exister presque animale, une allégresse quasi divine. Ce fut le premier des sortilèges qui agirent sur moi, me révélant le paradis d'une sérénité oubliée. De la chevelure emmêlée, solaire, l'eau ruisselait sur des yeux verts et grands, sur des traits d'une pureté enfantine.

« Quels que soient ses penchants, notre ombrageuse raison se cabre face au prodige et invoque d'emblée le souvenir de phénomènes ordinaires; comme tout un chacun, je voulus croire qu'il s'agissait d'une baigneuse; aussi, me déplaçant avec précaution, me portai-je à sa hauteur et, penché en avant, lui tendis-je les mains pour l'aider à monter. Mais elle, faisant preuve d'une vigueur stupéfiante, émergea d'un bond, toute droite, jusqu'à la taille, se suspendit à mon cou, m'enveloppa d'un parfum inconnu et se laissa retomber dans la barque : sous le galbe de l'aine et la chute des reins, son corps était d'un poisson; revêtu de minuscules écailles bleues et nacrées, il se terminait en une queue fourchue qui frappait lentement le fond du canot. J'étais devant une sirène.

« Couchée à la renverse, sa nuque reposant sur ses mains jointes, elle montrait avec une tranquille impudeur le délicat duvet de ses aisselles, des seins écartés, un ventre sans défauts; il émanait d'elle ce que j'ai bien à tort appelé un parfum : l'arôme de la mer, la senteur d'une volupté infiniment juvénile. Nous étions dans l'ombre, mais à vingt mètres de nous la mer s'abandonnait au soleil et frémissait de plaisir. Ma nudité presque totale cachait mal mon émotion.

« Elle parla et je fus envoûté, après le charme du sourire et du bouquet, par un nouveau et majeur sortilège, celui de la voix. C'était une voix un peu gutturale et voilée où vibraient d'innombrables harmoniques; on percevait en elle, au delà des paroles, les ressacs paresseux de la mer en été, les derniers chuchotis d'écume sur la plage, le passage des vents sur les reflets de lune. Le chant des sirènes n'existe pas, Corbèra; la musique dont nul ne réchappe n'est autre que celle de leur voix.

« Elle parlait grec et j'avais bien du mal à la comprendre. 'Je t'entendais parler seul dans une langue proche de la mienne; tu me plais, prends-moi. Je m'appelle Lighea, je suis fille de Calliope. Ne crois pas aux fables qu'on raconte sur nous : nous ne tuons personne et ne faisons qu'aimer.'

« Penché sur elle, je ramais, ne voyant que ses yeux rieurs. Nous atteignîmes le rivage : je pris dans mes bras le corps aromatique et nous passâmes de l'éblouissement à l'ombre la plus dense; déjà elle m'instillait entre les lèvres cette volupté qui est à vos baisers terrestres ce que le vin est à l'eau croupie.

Le sénateur narrait son aventure à voix basse; et moi qui, en secret, avait toujours opposé mes multiples expériences féminines aux siennes, que je supposais médiocres, allant jusqu'à me croire par là moins loin de lui, je me sentis soudain humilié : en matière d'amours aussi, je me voyais reléguer à des distances infranchissables. Pas un instant je n'eus le soupçon qu'il me racontait des histoires et n'importe qui à ma place, fût-ce le plus sceptique, aurait perçu un accent d'indéniable vérité dans le ton du vieillard.

— Ainsi débutèrent ces trois semaines. Il n'est pas permis, et ce serait du reste peu charitable pour toi, d'entrer dans les détails. Je me bornerai à dire qu'au cours de ces étreintes, je jouissais à la fois des plus hautes formes de volupté spirituelle et de ce plaisir élémentaire, privé de toute résonance sociale, que nos bergers solitaires, perdus dans les montagnes, éprouvent lorsqu'ils s'unissent à leurs chèvres; si la comparaison te répugne, c'est que tu n'es pas à même d'effectuer la transposition nécessaire de l'animal au surhumain, plans qui étaient pour moi superposés.

« Songe à tout ce que Balzac n'a pas osé exprimer dans la *Passion dans le désert*. De ce corps immortel jaillissait une telle puissance vitale que toute perte d'énergie était aussitôt compensée, que dis-je, l'énergie s'en trouvait accrue. Pendant ces journées, Corbèra, j'ai aimé autant, sinon plus, que cent de vos Don Juan mis ensemble durant toute leur vie. Et quelles amours! A l'abri des couvents et des crimes, de la rancune des Commandeurs et de la trivialité des Leporello, loin des prétentions du cœur, des faux soupirs, des fictives déliquescences qui salissent inévitablement vos misérables baisers. A vrai dire, un Leporello vint nous déranger le premier jour, mais ce fut la seule fois : vers dix heures, j'entendis le pas clouté du paysan descendre le sentier qui menait à la mer. J'eus à peine le temps de recouvrir d'un drap le corps insolite de Lighea que déjà notre homme était sur le seuil : la tête, le cou, les bras, demeurés à découvert, laissèrent croire à Leporello qu'il s'agissait d'une vulgaire amourette et lui inspirèrent un respect soudain ; il resta moins longtemps que d'habitude et avant de s'éclipser me lança un clin d'œil tout en faisant au coin des lèvres, entre pouce et index, le geste de lisser une moustache imaginaire; puis il grimpa le long du sentier.

« J'ai parlé de vingt jours passés ensemble; ne va pas imaginer cependant que nous ayons vécu ces trois semaines d'une façon *maritale*, partageant lit, couvert et occupations. Les absences de Lighea étaient très fréquentes : sans m'en avertir elle plongeait dans la mer et disparaissait, parfois même pendant des heures. Lorsqu'elle rentrait, presque toujours de bon matin, elle me rencontrait en barque ou, si j'étais encore à la maison, s'échouait au bord de la grève. Couchée sur le dos, dans l'eau jusqu'à mi-corps, elle m'appelait et se traînait à la force des bras, attendant que je lui vienne en aide. Elle m'appelait par mon petit nom : 'Sasà', et j'accourais. Ce corps qui la faisait si agile dans l'eau, l'embarrassait soudain; et à ces moments-là, elle offrait l'aspect pitoyable — aussitôt démenti par le rire des yeux — d'un animal blessé.

« Elle ne se nourrissait que de chair vive : souvent je la voyais surgir de la mer, son torse délicat miroitant au soleil, en train de déchirer à belles dents un poisson argenté qui frétillait encore; son menton ruisselait de sang et, après quelques bouchées seulement, dorade ou morue, déchiquetées, jetées par-dessus l'épaule, s'en allaient rougir l'eau, tandis que Lighea se pourléchait et exultait comme une enfant. Un jour je lui donnai du vin; elle fut incapable de boire dans un verre et je dus le verser dans sa paume minuscule, à peine verdie : elle le but en lapant, comme un jeune chien, et ses yeux reflétaient la surprise que lui causait cette saveur inconnue. Elle déclara que c'était bon, mais refusa toujours d'en reprendre. De temps à autre, en arrivant sur la plage, elle apportait des poignées d'huîtres ou de moules, et pendant que je m'escrimais à les ouvrir avec un couteau, elle les écrasait sous une pierre et aspirait le mollusque tout palpitant sans se soucier des esquilles.

« Je te l'ai déjà dit, Corbèra : c'était à la fois un animal et une immortelle, et il est bien dommage de ne pouvoir constamment rendre par les mots cette synthèse que son corps exprimait avec une simplicité absolue. Non seulement elle manifestait dans l'amour un enjouement et une délicatesse opposés au désir bestial, mais ses paroles avaient en outre une puissance d'évocation dont je n'ai trouvé l'équivalent que chez quelques grands poètes. On n'est pas fille de Calliope pour rien : étrangère à toute culture, ignorante de toute sagesse, dédaigneuse de toute contrainte morale, elle n'en appartenait pas moins à ce qui est leur source et savait exprimer cette supériorité originelle en des termes d'une âpre beauté. 'Je suis tout car je ne suis rien qu'un flot de vie sans failles; je suis immortelle car toutes les morts affluent en moi, celle du poisson d'il y a un instant et celle de Zeus, et ces morts ainsi réunies retournent à la vie, non pas la vie individuelle et déterminée, mais la vie panique, la liberté.' Puis elle disait : 'Tu es beau et jeune; tu devrais me suivre à présent sous la mer et tu échapperais aux souffrances, à la vieillesse; tu irais habiter ma demeure, sous les vertigineuses montagnes d'eau immobiles et sombres, où tout est si naturellement calme et silence que pour qui les possède la chose va de soi. Je t'ai aimé, souviens-t'en; quand tu seras par trop las, quand vraiment tu n'en pourras plus, tu n'auras qu'à te pencher sur la mer et à m'appeler : je serai toujours là car je suis partout, et ta soif de sommeil sera comblée.'

« Elle me racontait son existence sous-marine, me parlait des tritons barbus, des cavernes glauques, mais elle ajoutait que c'étaient là aussi de vaines apparences et que la vérité se trouvait au fin fond, dans le palais aveugle et muet des eaux informes, éternelles, sans lueurs, sans murmures.

« Un jour elle m'annonça qu'elle resterait assez longtemps absente, jusqu'au lendemain soir : 'Je dois aller très loin, là où je sais pouvoir trouver un cadeau pour toi.'

« Elle revint en effet avec une extraordinaire branche de corail, purpurine, incrustée de coquillages et de mousses marines. Je l'ai conservée pendant des années dans un tiroir et chaque soir j'embrassais les endroits où s'étaient posés les doigts de l'Indifférente, de la Bénéfique. Puis Maria, la gouvernante que j'avais avant Bettina, l'a volée pour l'offrir à un de ses marlous. J'eus l'occasion de la retrouver, plus tard, chez un bijoutier du Ponte Vecchio, profanée, nettoyée, polie, presque méconnaissable. Je l'ai rachetée et suis allé pendant la nuit la jeter dans l'Arno : trop de mains sacrilèges en avaient disposé.

« Lighea me parlait des nombreux humains qu'elle avait eus pour amants au cours de son adolescence millénaire : pêcheurs ou marins grecs, siciliens, arabes, capriotes; nombreux aussi les naufragés qui, dérivant sur une épave, l'avaient vue apparaître un instant sous les éclairs d'une bourrasque, et dont elle avait changé en plaisir le dernier râle. 'Tous ont répondu à mon invitation et sont venus me retrouver, certains de suite, d'autres au terme de ce qu'ils considéraient comme un temps très long. Un seul ne s'est plus jamais montré; c'était un beau garçon à la peau fort blanche et aux cheveux roux que j'avais aimé sur une plage lointaine, là où notre mer se jette dans le grand Océan; il sentait une odeur semblable, en plus fort, à celle du vin que tu m'as donné l'autre jour. Je crois que s'il a fait défaut, ce n'est pas qu'il soit heureux, loin de là, mais tendresses du gris. Elle se taisait plus souvent, restait des heures étendue sur un rocher à regarder l'horizon désormais mouvant. Elle s'éloignait peu : 'Je ne veux pas te quitter encore; si j'allais au large à présent mes compagnons me retiendraient. Les entends-tu ? Ils m'appellent.' Parfois je croyais vraiment déceler une note différente, plus basse, dans le concert strident des mouettes, entrevoir de fulgurantes chevelures entre deux récifs. 'Ils soufflent dans leurs conques, ils appellent Lighea aux fêtes des bourrasques.'

« Celles-ci nous assaillirent à l'aube du 26. Du rocher où nous étions, nous vîmes arriver le vent qui brassait les eaux lointaines; devant nous la houle plombée grossissait, vaste et paresseuse. Bientôt la rafale nous atteignît, sifflant à nos oreilles, ployant les romarins desséchés. En contrebas la mer s'ouvrit, la première vague s'avança couronnée de blancheurs. 'Adieu Sasà; tu n'oublieras pas.' La masse d'eau se brisait sur l'écueil : Lighea se jeta dans le jaillissement irisé; je ne la vis pas retomber; elle sembla se défaire dans l'écume.

Le sénateur partit le lendemain matin; je me rendis à la gare, pour lui faire mes adieux. Il était maussade et tranchant comme toujours, mais lorsque le train se mit en marche, penché à la fenêtre il me caressa les cheveux du bout des doigts.

Le jour suivant, à l'aube, on téléphona de Gênes au journal : durant la nuit, le sénateur La Ciura était tombé à la mer, alors qu'il se trouvait sur le pont du *Rex* en route vers Naples; malgré les importants moyens aussitôt mis en œuvre, le corps n'avait pas été retrouvé.

Une semaine plus tard, son testament fut ouvert : Bettina héritait du compte en banque et du mobilier; la bibliothèque allait à l'Université de Catane; un codicile récent me faisait légataire du vase grec à figures de sirènes et d'une des grandes photographies : la Coré de l'Acropole.

J'envoyai les deux objets chez moi, à Palerme. Puis ce fut la guerre et tandis que je me trouvais en Marmarique, nanti d'un demi-litre d'eau par jour, les *liberators* détruisirent ma maison : lorsque je revins, je constatai que la photographie, découpée en rubans, avait servi de torche aux pillards nocturnes; le cratère était en miettes; sur le plus gros fragment on voyait encore les pieds d'Ulysse attaché au mât du navire : je l'ai toujours. Quant aux livres, ils furent déposés dans les sous-sols de l'Université; les crédits destinés aux rayonnages faisant défaut, ils pourrissent, tout doucement.

Table

IMP. BUSSIÈRE À SAINT-AMAND (CHER).
D.L. 1er TRIM. 1982. N° 6090 (2605).

Collection Points

SÉRIE ROMAN

R1. Le Tambour, *par Günter Grass*
R2. Le Dernier des Justes, *par André Schwarz-Bart*
R3. Le Guépard, *par G. T. di Lampedusa*
R4. La Côte sauvage, *par Jean-René Huguenin*
R5. Acid Test, *par Tom Wolfe*
R6. Je vivrai l'amour des autres, *par Jean Cayrol*
R7. Les Cahiers de Malte Laurids Brigge
par Rainer Maria Rilke
R8. Moha le fou, Moha le sage, *par Tahar Ben Jelloun*
R9. L'Horloger du Cherche-Midi, *par Luc Estang*
R10. Le Baron perché, *par Italo Calvino*
R11. Les Bienheureux de La Désolation, *par Hervé Bazin*
R12. Salut Galarneau !, *par Jacques Godbout*
R13. Cela s'appelle l'aurore, *par Emmanuel Roblès*
R14. Les Désarrois de l'élève Törless, *par Robert Musil*
R15. Pluie et Vent sur Télumée Miracle
par Simone Schwarz-Bart
R16. La Traque, *par Herbert Lieberman*
R17. L'Imprécateur, *par René-Victor Pilhes*
R18. Cent Ans de solitude, *par Gabriel Garcia Marquez*
R19. Moi d'abord, *par Katherine Pancol*
R20. Un jour, *par Maurice Genevoix*
R21. Un pas d'homme, *par Marie Susini*
R22. La Grimace, *par Heinrich Böll*
R23. L'Age du tendre, *par Marie Chaix*
R24. Une tempête, *par Aimé Césaire*
R25. Moustiques, *par William Faulkner*
R26. La Fantaisie du voyageur, *par François-Régis Bastide*
R27. Le Turbot, *par Günter Grass*
R28. Le Parc, *par Philippe Sollers*
R29. Ti Jean L'horizon, *par Simone Schwarz-Bart*
R30. Affaires étrangères, *par Jean-Marc Roberts*
R31. Nedjma, *par Kateb Yacine*
R32. Le Vertige, *par Evguénia Guinzbourg*
R33. La Motte rouge, *par Maurice Genevoix*
R34. Les Buddenbrook, *par Thomas Mann*
R35. Grand Reportage, *par Michèle Manceaux*
R36. Isaac le mystérieux (Le ver et le solitaire)
par Jerome Charyn

R37. Le Passage, *par Jean Reverzy*
R38. Chesapeake, *par James A. Michener*
R39. Le Testament d'un poète juif assassiné
par Élie Wiesel
R40. Candido, *par Leonardo Sciascia*
R41. Le Voyage à Paimpol, *par Dorothée Letessier*
R42. L'Honneur perdu de Katharina Blum
par Heinrich Böll
R43. Le Pays sous l'écorce, *par Jacques Lacarrière*
R44. Le Monde selon Garp, *par John Irving*
R45. Les Trois Jours du cavalier, *par Nicole Ciravégna*
R46. Nécropolis, *par Herbert Lieberman*
R47. Fort Saganne, *par Louis Gardel*
R48. La Ligne 12, *par Raymond Jean*
R49. Les Années de chien, *par Günter Grass*
R50. La Réclusion solitaire, *par Tahar Ben Jelloun*
R51. Senilità, *par Italo Svevo*
R52. Trente mille jours, *par Maurice Genevoix*
R53. Cabinet portrait, *par Jean-Luc Benoziglio*
R54. Saison violente, *par Emmanuel Roblès*
R55. Une comédie française, *par Erik Orsenna*
R56. Le Pain nu, *par Mohamed Choukri*
R57. Sarah et le Lieutenant français
par John Fowles
R58. Le Dernier Viking, *par Patrick Grainville*
R59. La Mort de la phalène, *par Virginia Woolf*
R60. L'Homme sans qualités, tome 1, *par Robert Musil*
R61. L'Homme sans qualités, tome 2, *par Robert Musil*
R62. L'Enfant de la mer de Chine, *par Didier Decoin*
R63. Le Professeur et la Sirène
par Giuseppe Tomasi di Lampedusa

LICHTWELTVERLAG
FALKENSTEIN

1. Auflage 2021

Lichtwelt Verlag JJK OG, Marktstrasse 69, A-2162 Falkenstein
E-Mail: office@lichtweltverlag.at
Telefon: +43 2554 880 95
Telefax: +43 1 253 30 33 1750

www.lichtweltverlag.at

Druck+Gesamtherstellung: Druckerei Janetschek GmbH, Heidenreichstein, Waldviertel. Gedruckt in Österreich auf dem FSC®-zertifizierten Papier Münken Print Cream, chlorfrei gebleicht, aus nachhaltig bewirtschafteten Wäldern und kontrollierten Quellen.

ISBN 978-3-9504920-6-4

MIX
Papier
FSC FSC® C001924

JAHN J KASSL

BEFREIUNG

BEFREIUNG

GESPRÄCHE VON **JAHN J KASSL** MIT

BABAJI
MEISTER EL MORYA
SAI BABA
SANANDA
DIE ENGEL
ERZENGEL HANIEL
DIE ERZENGEL
HÜTER DER WELTEN

OKTOBER 2021 – NOVEMBER 2021

INHALT

„Es braucht nicht die ganze Menschheit,
wenn DU erwachst, ist alles getan."

JAHN J KASSL

VORWORT DES AUTORS

FREIHEIT LIEGT IN DER LUFT

Sehr geehrte Leser, liebe Freunde!

In den letzten Monaten spitzte sich die Lage zu. Der Plan, die Welt in einen recht ungemütlichen Ort zu verwandeln, wird für immer mehr Menschen sichtbar. Allein die Corona-Maßnahmen und die jetzt drohende Impfpflicht in manchen Ländern verheißen nichts Gutes.

Dem können wir entschieden entgegenwirken! Denn ob sich die Träume der Globalisten erfüllen, das liegt an jedem Einzelnen von uns. Noch ist den meisten Menschen ihre eigene Macht nicht bewusst und noch sehen sich zu viele Menschen hilflos den Machenschaften ausgeliefert.

Jedoch das ändert sich in letzter Zeit radikal. Die Freiheitsbewegungen nehmen an Fahrt auf und es werden immer mehr Menschen, die unüberhörbar NEIN sagen – NEIN zu den Plänen, uns schöpferische und freie Wesen in Bioroboter zu verwandeln, und NEIN zu der Absicht, aus der Menschheit eine formbare und konturlose Masse von „Jasagern“ zu machen.

Die Stimmen für die Freiheit werden lauter und lauter. Der Widerstand formiert sich und ganz entgegen vieler Prognosen: Die Menschen wachen auf!

Mit dem Aufwachen ist aber immer auch der spirituelle Aspekt verbunden – und so gewinnt auch die Spiritualität immer größeren Raum. Fernab vom politischen Treiben beginnen immer mehr Menschen, sich selbst in einen größeren, in einen kosmischen Zusammenhang zu stellen. Der Mensch als ganzheitliches göttliches Geschöpf tritt in Erscheinung und immer mehr Menschen öffnen sich für neue Perspektiven der Wahrnehmung. Deshalb erfahren spirituelle Botschaften immer mehr Akzeptanz, den das Leben auf Erden muss ganzheitlich beleuchtet und im Kern verstanden werden, um gelebt werden zu können.

In diesem Sinne darf ich Ihnen dieses Buch vorlegen. Es verweist auf die Zusammenhänge zwischen Himmel und Erde – und warum sich die Dinge jetzt genauso ereignen müssen, wie sie sich ereignen.

Dieses Buch mit 14 Botschaften (davon 4 Übermittlungen in Gesprächsform!) von und mit Aufgestiegenen Meistern, den Erzengeln und Engeln entstand spontan und sehr kurzfristig.

Während ich an den täglichen Botschaften für den Blog und am 11. Band der Meisterdialoge arbeitete, flossen laufend tagesaktuelle Botschaften durch. Diese wertvollen zeitaktuellen Botschaften möchte ich mit allen Lesern in Form dieses Buches teilen.

Mir ist es wichtig, insbesondere aufgrund der derzeitigen Themenlage, Antworten aus den lichten Ebenen des Seins auf die brennenden Fragen dieser Zeit zu übermitteln. Denn mich selbst beschäftigen die derzeitigen Verwerfungen sehr und auch ich selbst stehe oft vor Fragen, auf die ich keine Antwort weiß.

Dieses schlanke Buch vermittelt zusammengefasst eine einzige Botschaft:

Bleibt im Vertrauen und baut auf die Macht eures göttlichen Bewusstseins! Seid euch der Macht eures Handelns bewusst, denn die Dämme brechen jetzt! Verändert die Welt! Ihr habt es in der Hand.

Niemand kann seine dunklen Pläne ohne eure Mitarbeit verwirklichen! Dein JA ist dafür essenziell, deshalb ist jetzt dein NEIN entscheidend.

Eine kleine Anzahl von mutigen und wachen Menschen reicht aus, um das ganze Kartenhaus einer unmenschlichen Weltordnung zum Einsturz zu bringen. Es braucht nicht die ganze Menschheit – NEIN – wenn DU erwachst, ist alles getan.

Dieses Buch soll Mut machen, Halt geben und unsere Schöpferkraft aktivieren. Denn es liegt in unserer Macht, die Welt zu erschaffen, die wir visualisieren und an der wir für uns, für unsere Kinder und für die kommenden Generationen seit Jahren unermüdlich arbeiten.

Freiheit liegt in der Luft und – die BEFREIUNG.

Von Herzen
JAHN J KASSL

„Die Wahrheit hat
die Bühne dieser
Welt betreten und
sie räumt überall auf."

BABAJI

DAS GROSSE AUFRÄUMEN!

BABAJI

WACHSE ÜBER DICH HINAUS!
ALLES STELLT SICH RADIKAL UM!
DIE SPIRITUELLE REVOLUTION

11. OKTOBER 2021

WACHSE ÜBER DICH HINAUS!

Wachse über dich hinaus, diese Zeit erfordert das. Liebe die, die dich bekämpfen, diese Zeit verlangt danach.

Alles Schädliche wird jetzt ausgemerzt. Nachdem es sich gezeigt hat, wird es dem Feuer Gottes übergeben: Es wird zerstört.

Die Wahrheit hat die Bühne dieser Welt betreten und sie räumt überall auf. Lügen sind nicht mehr haltbar und fallen in sich zusammen. Die Menschen werden auf gesellschaftspolitscher Ebene Zeugen von unglaublichen Enthüllungen. Gleichzeitig werdet ihr mit den eigenen Lebenslügen konfrontiert.

Überall begegnet dir jetzt die Wahrheit und es ist gut, mutig in sich zu leuchten und dankbar diesen Wandel jetzt anzunehmen.

ALLES STELLT SICH RADIKAL UM!

Alles stellt sich radikal um! Alles wird am Ende zum Guten gebracht und in die kosmische Ordnung zurückgebracht. Daran führt kein Weg vorbei, denn diese Revolution hat alle Menschen diese Erde erfasst.

Jetzt beginnt sich das Spiel zugunsten der Lichtkräfte zu drehen. Für die alten Mächte ist das Spiel aus und für dich beginnt ein neues Spiel, eines, auf das du viele Leben lang vorbereitet wurdest.

Stärke dich weiterhin, öffne deine spirituellen Zugänge und räume aus dem Weg, was diese blockiert!

Manche von euch sind noch zu schwach, arbeiten nicht konsequent genug an sich selbst und erwarten, dass andere ihre Probleme lösen.

Dies ist unangebracht, denn jetzt kommt es auf deine Entschlusskraft, auf deinen Fleiß und auf deinen Mut an.

Zögert nicht, wenn ihr etwas umsetzen wollt, zweifelt nicht, wenn euch das Herz ganz klar einen Weg aufzeigt, und strebt mutig vorwärts! Mit Gottes Hilfe ist alles möglich und ist jedes Ziel zu erreichen!

Öffnet euch für eure spirituelle Wirklichkeit! Ihr seid so viel mehr, als ihr glaubt zu sein.

DIE SPIRITUELLE REVOLUTION

Die jetzt ausgelöste spirituelle Revolution wird diese Erde bleibend verwandeln. Das ist keine Zeiterscheinung, sondern ein zeitloses Phänomen.

Bald schon wirst du dich selbst und die Menschheit nicht mehr erkennen. Die, die auf dieser Erde bleiben, ebnen jenen Menschen, die erst geboren werden, den Weg.

Ihr seid Wegbereiter und die Vorboten der Neuen Zeit, des Goldenen Zeitalters. Manche von euch werden es noch in diesem Leben erleben, viele von euch werden ein Kind der Zukunft sein.

Erwarte in Liebe, was kommt, und nimm in Liebe an, was mit dir geschieht! Es sind wahre Wunder, die sich auf der Erde und in dir jetzt ereignen.

So wachse über dich hinaus und lebe jeden Tag wie deinen letzten! Vergangenheit und Zukunft kennen dich nicht mehr.

Ich liebe dich unendlich
BABAJI

„Erwartungen richte nur an dich, Wünsche richte nur an Gott und dann warte gelassen ab, wie dir das Leben antwortet. Steige tiefer ein in dein Mysterium, denn alles Wissen liegt in dir."

MEISTER EL MORYA

DAS POSITIVE ZU SEHEN, IST DIE KUNST

MEISTER EL MORYA

DER FAKTOR „ZEIT“
ERWARTUNGEN UND WÜNSCHE

14. OKTOBER 2021

DER FAKTOR „ZEIT“

Gebt den Entwicklungen die Zeit, die sie brauchen! Auf globaler wie auf individueller Ebene bedürfen alle Prozesse der Zeit! Das gilt auch jetzt, da die Zeit immer schneller vergeht. Die Zeit ist der Faktor, den ihr bei euren Überlegungen immer miteinbeziehen sollt.

Was bedeutet dies nun für alles Kommende?

1) Die Dinge entwickeln sich weiter und erreichen die Zeitlinien, auf denen sie sichtbar werden.

2) Der Umbruch geschieht in einer sich steigernden Geschwindigkeit, das heißt, es braucht immer weniger Zeit, bis sich die Dinge manifestieren.

3) In den einzelnen Zeitaufnahmen das Positive zu sehen, ist die Kunst, die es zu erlernen gilt.

Aufgrund von einzelnen Ereignissen neigen viele Menschen dazu, die Flinte ins Korn zu werfen und sie geben auf.

Ihre Erwartungshaltung hat für Enttäuschungen am laufenden Band gesorgt und so glauben sie heute niemandem mehr – am wenigsten aber sich selbst.

Was ist diesen Menschen ans Herz zu legen?

Steigt aus diesem selbst inszenierten Drama aus und überprüft eure Wünsche, die Erwartungen und das Selbstbild.

Zu meditieren und die Wünsche loszulassen, das ist der Weg. Lass das Leben geschehen und werde zum staunenden Beobachter und aktiven Mitgestalter des Lebens, werde aber nicht ein Süchtiger, der an den Lippen von Propheten hängt oder von fremden Erwartungshaltungen gequält wird.

ERWARTUNGEN UND WÜNSCHE

Erwartungshaltungen, die nicht an dich selbst gerichtet sind, bedeuten immer, die Verantwortung abzugeben.

Wünsche ans Universum sind legitim, sei jedoch bereit, alles zu akzeptieren, was kommt.

Denn nur die Wünsche können sich erfüllen, die in Übereinstimmung mit deiner Seele ausgedrückt werden.

Das ist der springende Punkt: Kennst du die tiefen Wünsche und die wahre Sehnsucht deiner Seele?

So sorge dich nicht, geliebter Mensch, es ist keine Tragik, mit der eigenen Seele noch nicht vollständig verbunden zu sein. Tragisch wird das erst, wenn dir das zeitlebens niemals bewusst wurde und du weder das Bedürfnis noch die Gelegenheit hattest, das in die Wege zu leiten.

Wenn du heute vor einer Wand stehst und nicht weiterweißt, da das EINE nicht eintrifft und ANDERES sich nicht erfüllt, dann prüfe zuerst deinen eigenen Zugang zu dir selbst und zum Leben.

Bist du in deiner Selbstverantwortung oder gibst du die Verantwortung immer noch ab!

Eine ehrliche Untersuchung dieser Frage ist unerlässlich, wenn du wieder Mut fassen und couragiert am Leben teilnehmen willst.

Erwartungen richte nur an dich, Wünsche richte nur an Gott und dann warte gelassen ab, wie dir das Leben antwortet.

Steige tiefer ein in dein Mysterium, denn alles Wissen liegt in dir.

Ich bin
MEISTER EL MORYA

„Je intensiver deine
Kommunikation
mit dem Himmel ist,
desto begreiflicher
und umso schöner
ist dein Leben auf Erden."

MEISTER EL MORYA

DAS LEBEN IST EIN AUGENBLICK

MEISTER EL MORYA

WENN DIE ZEIT NICHT VERGEHT …
WÜRDIGE DEINE LEBENSSPANNE

16. OKTOBER 2021

WENN DIE ZEIT NICHT VERGEHT …

Geliebte Menschen!

Aus transzendenter Sicht dauert eine Lebensspanne des Menschen nur einen Augenblick – und diesen Moment in der Ewigkeit Gottes gilt es voll auszukosten.

Deshalb seid ihr als Menschen geboren, ihr, die ihr in Wirklichkeit Engel und Lichtwesenheiten von unglaublicher Schönheit und Kraft seid.

Wenn euch die Ereignisse auf der Erde fordern und wenn die Zeit nicht zu vergehen scheint, dann denkt bitte immer daran, wer ihr in Wirklichkeit seid.

Begrüßt jedes zukünftige Ereignis und betrachtet es als eine Herausforderung, die ihr vor der Geburt genauso gewählt habt. Euer Leben auf dieser Erde liegt keiner Laune des Schicksals, sondern eurem bewussten Wunsch, hier und heute zu inkarnieren, zugrunde.

Sobald ihr geboren werdet und euch als Menschen wahrnehmt, beginnt das Spiel mit der Zeit.

Etwas, was es in den spirituellen Reichen nicht gibt, bestimmt hier das ganze Leben. Je tiefer du in der Materie steckst, desto gravierender sind die Auswirkungen der Zeit auf dein Leben.

Materialistische Menschen nehmen die Zeit anders wahr als spirituelle Menschen. Erstere stehen unter Zeitdruck und wollen so viel wie möglich in ihr Leben hineinpacken. Auch das Altern ist für diese Menschen von großem Unbehagen begleitet. Die Endlichkeit schwebt wie ein Damoklesschwert über den Menschen und andere Perspektiven bleiben diesen verschlossen.

Ganz anders verhält es sich bei Menschen mit spirituellen Zugängen zum Leben. Über solche Menschen hat die Zeit keine Macht mehr, denn sie wissen, dass alles - und auch sie selbst - ohne Anfang und Ende ist.

WÜRDIGE DEINE LEBENSSPANNE

Deshalb ist heute - während auf der Erde zwischen den Kräften der Finsternis und den Mächten des Lichts der finale Kampf entbrannt ist - eine spirituelle

Wahrnehmung des Zeitgeschehens von größter Bedeutung.

Nur im großen Kontext könnt ihr verstehen, was sich jetzt ereignet - und nur so ist es euch auch möglich durchzuhalten.

Wer spirituell verankert ist und diese seine Inkarnation als eine Episode von Episoden betrachten kann, der bleibt gelassen im Sturm.

Die einzige Gefahr besteht darin, dass eure spirituelle Anbindung nicht stabil genug ist. Der Glaube an das Leben vor dem Leben und nach dem Tod reicht für eine gelassene Wahrnehmung des Lebens oft nicht aus. Was es braucht, ist eine lebendige und konstante Anbindung an deine spirituelle Wirklichkeit.

Ein seelischer Austausch mit deiner spirituellen Familie, die dich von jenseits des Schleiers unterstützt und dir beisteht, ist jetzt der Schlüssel für ein geglücktes Leben.

Je intensiver deine Kommunikation mit dem Himmel ist, desto begreiflicher und umso schöner ist dein Leben auf Erden.

So gehe hin und würdige deine Lebensspanne, denn sie ist nur ein Augenblick in der Unendlichkeit.

In vollkommener Liebe
MEISTER EL MORYA

„Dort, wo du mit deiner Aufmerksamkeit stehen bleibst, dort spielt sich dein Leben ab."

SAI BABA

GOTT IST DER SCHLÜSSEL!

SAI BABA

WO SPIELT SICH DEIN LEBEN AB?
MATRIX FÄLLT ZUSAMMEN!

28. OKTOBER 2021

WO SPIELT SICH DEIN LEBEN AB?

Lebe ein ideales Leben! Sei immer glücklich – im Frieden und in der Freude! Wie ist das heute möglich? Durch eine tiefe, liebende Hingabe an Gott: Gott ist der Schlüssel.

Geliebter Mensch!

Die äußere Welt ist eine Ebene, auf die du deine Wahrnehmung richten kannst. Deine innere Welt ist die andere Ebene.

Dort, wo du mit deiner Aufmerksamkeit stehen bleibst, dort spielt sich dein Leben ab.

Hast du jetzt begriffen, wie sehr es auf deinen Fokus ankommt?

Es sind nicht die äußeren Ereignisse, die dich in den Strudel des Zeitgeschehens stürzen lassen, sondern es ist deine Entscheidung, wohin du deine Energie lenkst.

Die liebende Hingabe an Gott kannst du nur dann erreichen, wenn du dich eingehend mit dir selbst beschäftigst.

Der einzige Kampf, der jetzt noch stattfinden sollte, ist der Kampf des Menschen mit sich selbst.

So gehe hin und bereite dich für die dauerhafte Glückseligkeit vor! Erreiche inneren Frieden und werde zu einem Botschafter des Friedens! Lass dein Licht des Friedens leuchten! Die Menschen bedürfen des Lichts jetzt so sehr.

MATRIX FÄLLT ZUSAMMEN!

Diese Matrix bricht ein und fällt in sich selbst zusammen. Entscheide dich, auf welcher Ebene du kämpfst: gegen deine inneren oder gegen die äußeren Feinde. Ist es die wahrhaftige Auseinandersetzung mit dir selbst oder aber Schattenboxen auf der sichtbaren Ebene der Matrix?

Ein spirituelles Bewusstsein entfaltet sich, sobald die Energie von außen nach innen fließt. Dann wird alles gut und das Leben ist eine glückselige Erfahrung mit Gott.

Du bist das Schloss und Gott der Schlüssel, du bist das Wasser und Gott das Flussbett, du bist der

Denker und Gott der Gedanke. Du und Gott gehören untrennbar zusammen. Du und Gott sind eins!

Es erschließt sich dir in deinem Herzen.

Ich liebe dich unendlich
SAI BABA

„All das Übel
und das Böse
können sich nur
deshalb zeigen,
da es so viel Licht
auf dieser Erde gibt."

SAI BABA

DAS ENDERGEBNIS

SAI BABA

ENTSCHEIDENDE WENDE
BESTE BEDINGUNGEN
HALTET DURCH!

30. OKTOBER 2021

ENTSCHEIDENDE WENDE

Geliebte Menschen!

Sorgt euch nicht! Sorgt euch keinen Augenblick des Lebens! Übergebt alle Sorgen Gott! Sucht die Nähe Gottes und alles ist gut. Verzagt nicht, sondern nährt euer Herz durch die ständige Hingabe an Gott.

Jetzt ist die Zeit, in der du ein hingebungsvoller Diener Gottes werden sollst, gekommen. Dies erreichst du durch eine Neuorientierung in deinem Leben. Jetzt beginnt alles, was dich im außen bisher davon abhielt, wegzubrechen und du hast Zeit und Energie für das Wesentliche.

An diesem Punkt kommen jetzt immer mehr Menschen an. Sie werden dahin gebracht, damit sie dem Leben diese entscheidende Wende geben können.

Alles bricht zusammen – Sicherheiten gibt es nicht mehr. Unter diesem Eindruck beginnen sich immer mehr Menschen für das Transzendente zu öffnen.

BESTE BEDINGUNGEN

Damit ein Mensch erwachen kann, braucht es die geeigneten Bedingungen. Noch niemals in der Menschheitsgeschichte waren die Bedingungen dafür so gut wie jetzt, jetzt, da sich oben zu unten wandelt und alles in die göttliche Ordnung zurückgestellt wird.

Das Chaos, das ihr jetzt erlebt, ist dem Umstand geschuldet, dass sich das spirituelle Licht des Himmels in immer mehr Menschenherzen ausbreitet. Nur die Wesenheiten, die unbeseelt sind und auf dieser Erde ihr Unwesen treiben, können mit dieser Schwingung nicht in Resonanz gehen. Tatsache ist: Das göttliche Licht fördert jetzt alles zutage und Verborgenes wird sichtbar.

All das Übel und das Böse können sich nur deshalb zeigen, da es so viel Licht auf dieser Erde gibt. Es ist das spirituelle Licht der ZENTRALEN SONNE, das seit Jahren unablässig zur Erde strömt, sodass diese Enthüllungen und Offenlegungen jetzt möglich sind.

Es ist jedoch eine schwere Zeit und schwierige Phase im Aufstiegsprozess. Ihr seid und werdet gefordert und ihr werdet bis an den Rand eurer Belastungen gebracht.

HALTET DURCH!

So lade ich euch jetzt ein, das Band mit Gott täglich zu festigen, in euch selbst zentriert zu bleiben und das göttliche Wirken in allem zu sehen. Auch wenn das Böse wütet und die Erde mit den Menschen zu verschlingen droht, so ist das in Wirklichkeit nur eine Momentaufnahme, die mit dem Endergebnis nichts zu tun hat.

Das Endergebnis aller Bestrebungen und Mühen sind: die erwachte Menschheit und der in die göttliche Ordnung zurückgestellte Planet Erde dieser Galaxie.

Jetzt gilt es durchzuhalten – durchzuhalten, indem du mit Gott eine lebendige Beziehung eingehst, indem du Gott in das Zentrum deines Lebens rückst. Nur mit Gott kannst du diese Zeit meistern, nur mit Gott werden Wunder wahr und nur mit Gott wird Unmögliches möglich.

Dich immer tiefer auf Gott einzulassen, das ist deine Aufgabe und meine heutige Botschaft für dich.

Ich liebe dich unendlich
SAI BABA

„Ihr steht unter dem Schutz Gottes und dem Schutz vieler Aufgestiegener Meister und Erzengel. Es ist jedoch eure freie Entscheidung, wohin ihr euren Wohnsitz verlagert."

SAI BABA

IST AUSWANDERN EINE LÖSUNG?

SAI BABA

GÖTTLICHE HILFE
WIE LANGE NOCH?
DER FROSCH IM WASSER

11. NOVEMBER 2021

GÖTTLICHE HILFE

„Steigt ein in meinen Zug! Kommt, nehmt euer Gepäck vom Kopf herunter und stellt es ab. Ich werde euch und euer Gepäck tragen." (Jesus und Sai Baba, Govinda Sai Verlag, S. 126)

JJK: Ich glaube, mehr denn je sind wir heute auf diese göttliche Hilfe angewiesen. Denn wie sonst können wir aus diesem Tollhaus herauskommen!?

SAI BABA: Seid umfangen mit meinem Licht und geborgen in meiner Liebe. Ich bin bei euch alle Tage und allezeit. Du hast Fragen?

JJK: Ja, es ist einiges zusammengekommen in den letzten Wochen – Karl und ich außer Betrieb, Freunden geht es ähnlich. Könnte ich dazu einmal einen Überblick erhalten.

SAI BABA: Eure Gemeinschaft geht jetzt gemeinsam durch sehr intensive Transformationsprozesse. Jeder Einzelne wird auf eine neue Ebene von Verständnis gehoben. Zusätzlich wirken sich die derzeitigen äußeren Umstände stark auf euer Energiefeld und auf eure Wahrnehmung aus.

Der Druck von außen steigt nahezu täglich und das macht sich ab einen bestimmen Moment auch auf körperlicher Ebene bemerkbar.

WIE LANGE NOCH?

JJK: Ja und da bin ich schon bei der zweiten und für mich wohl wichtigsten Frage: Wie lange geht das noch so weiter? Ist Auswandern, solange es noch geht, eine Lösung für uns? Ich denke mir, dass auch JESUS Jerusalem verlassen musste – trifft das derzeit für uns hier in Europa auch zu?

SAI BABA: Das ist eine Möglichkeit, die ihr eingehend prüfen solltet. Ihr steht unter dem Schutz Gottes und dem Schutz vieler Aufgestiegener Meister und Erzengel. Es ist jedoch eure freie Entscheidung, wohin ihr euren Wohnsitz verlagert.

JJK: Aber sollen wir nicht hierbleiben und hier in unserer geliebten Heimat für den Umbruch sorgen?

SAI BABA: Die Karawane des Irrsinns zieht jetzt durch eure Länder. Dies kann in der Zeit so lange dauern, wie ihr nicht ausharren möchtet.

Vor allem wenn Kinder im Spiel sind, dann ist die Sicht auf die nahe Zukunft eine andere als ohne Kinder.

JJK: Ja, ich habe das gerade heute mit meiner Frau besprochen. Ich selbst würde es hier aushalten, mit den Einschränkungen irgendwie leben, ich hatte ja schon ein erfülltes Leben - aber die Kinder: Ich sehe wie sie leiden und fertiggemacht werden. Ich sehe, wie sie sich am Ende selbst zu total ängstlichen anstatt zu mutigen und zuversichtlichen Menschen entwickeln. Jetzt die Frage aller Fragen: Wie lange wird das noch so weitergehen?

SAI BABA: Es liegt an zwei Faktoren:

1) Wie viele Menschen wann NEIN sagen!
2) Wie viele Menschen in welchem Zeitraum der verabreichten Gentherapie erliegen.

JJK: Ich merke auch, wie die Spaltung der Gesellschaft zügig voranschreitet. Die Geimpften beginnen die Ungeimpften langsam zu hassen. Das ist eine sehr gefährliche Entwicklung.

SAI BABA: Dieses Zeitkontinuum steuert auf zwei neue Zeitlinien zu, an denen sich die Welten trennen.

Das ist das Wunder, von dem oft die Rede ist, das „Unvorstellbare", das euch bevorsteht.

JJK: Aber wann?

SAI BABA: Die Entwicklung muss bis zum Schluss abgewartet und erwartet werden. Begebt euch ganz in meine Hände, lasst euch führen und ihr werdet euch zur rechten Zeit am richtigen Ort befinden – und das kann überall auf der Welt sein.

DER FROSCH IM WASSER

JJK: Ich hatte heute auch das Bild vor Augen, dass wir wie ein Frosch im Wasser gekocht werden. Wenn ich ein Jahr zurückdenke, wo waren wir damals und wo sind wir heute? Vor einem Jahr war es völlig unvorstellbar, dass nur noch Geimpfte studieren dürfen, nur noch Geimpfte die Freizeitangebote nutzen dürfen, usf. Was wird von heute gerechnet dann in einem Jahr sein? Mir graut davor, nur daran zu denken!

SAI BABA: Es wird, wie in vielen Botschaften verkündet, alles an die Spitze getrieben.

Dann kommen die himmlische Intervention und die von Mutter Erde und Vater Sonne.

Wir sind eine große Familie, eine Einheit im Geiste, das Licht der Welt, das von niemandem und durch nichts besiegt werden kann – und auch wenn es jetzt sehr schwierig ist, fordernd und manchmal aussichtslos:

Bleibt im tiefen Gottvertrauen und in der Gewissheit, dass für jeden einzelnen aus der weltweiten Lichtwelt-Familie gesorgt ist.

Getragen von meiner Liebe bette ich dich weich, umfangen in meinem Licht bist du beschützt – immerdar und ewig.

Ich liebe dich unendlich
SAI BABA

EPILOG:

Während der Nacht beschäftigt mich das Thema Auswandern. Ich schlage per Zufallsprinzip im Buch „Jesus und Sai Baba" eine Seite auf und mein Blick richtet sich auf folgenden Absatz: *„Wer euch aufnimmt, nimmt mich auf, und wer mich aufnimmt, nimmt den auf, der mich gesandt hat."* (Mt 10,40) Tief berührt finde ich erst Stunden später einen erholsamen Schlaf.

„Erwarte nicht, dass du
für dein Tun von jedem geliebt
wirst, erwarte nur, dass sich
irgendwann jeder Akt von Liebe
positiv auf das Gesamte auswirkt.
Und nur darum geht es."

BABAJI

DAS UNRECHT WIRD BESEITIGT!

BABAJI

SHRI BABAJI
DIE ALTEN ATLANTER
DARUM GEHT ES!

11. NOVEMBER 2021

SHRI BABAJI

„Shri Babaji ist um der Gerechtigkeit willen gekommen und um das Unrecht zu beseitigen. Er ist die höchste geistige Macht und hat doch einen menschlichen Körper, um das zu vollbringen, was keiner anderen Macht möglich ist. Babaji bleibt mit seinem menschlichen Körper in Heidakhan, und doch manifestiert er sich überall auf der Welt."
(Babaji spricht: Prophezeiungen und Lehren, S. 86, G. Reichel Verlag)

JJK: DAS UNRECHT ZU BESEITIGEN – dazu meine Frage: Gab es jemals eine Zeit, in der das Unrecht solche Ausmaße hatte, war es jemals so weltumspannend und total?

BABAJI: Ja! In jenen Gesellschaften, die sich linear so weiterentwickeln und Künstliche Intelligenz als ihren neuen Gott verehren, dort ist das Unrecht absolut und jedes Menschenrecht abgeschafft.

Gesellschaften, wo die Menschen unfrei sind, sich aber frei fühlen, haben das Unrecht perfektioniert und nur sehr wenige denken noch selbst. Der Ausweg besteht in Kataklysmen.

Geschehen in Atlantis als gegen Ende dieser zunächst glorreichen Kultur nur noch die Manipulation mit Energien, die schließlich nicht mehr zu bändigen waren, eine Rolle spielte: Atlantis versank, weil es keinen anderen Weg für die Heilung der missbrauchten Menschen mehr gab - und diese alten Atlanter seid heute ihr.

Du, der du das liest, hast den Missbrauch von atomarer und elektromagnetischer Energie auf Atlantis miterlebt. Deshalb bist du HEUTE hier, um es HEUTE besser zu machen. Das ist dein Auftrag, mit dem du geboren wurdest.

JJK: Und dabei hilfst du uns?

BABAJI: So ist es! Ich stehe euch bei und ich halte für alle Menschen, die die lichtvolle und nährende Zukunft in der Fülle Gottes gewählt haben, die Tore offen, dass sie dieses Ziel auch erreichen können.

DARUM GEHT ES!

Ich entschärfe explosive Situationen dort, wo sie für die Lichtkrieger dieser Zeit lebensbedrohlich werden könnten. Erfahrungen der Selbstermächtigung obliegen euch, doch wer innerlich auf das Gute, auf das Leben und auf Gott ausgerichtet bleibt, wird am Ende niemals auf einer Welt, die von der Künstlichen Intelligenz oder vom Macht- und Energiemissbrauch dominiert ist, leben.

Du bist hier, damit du – solange es möglich und notwendig ist – dein Wissen, deine Energie und deine Liebe für das Erwachen deiner Menschengeschwister bereitstellst.

Es ist ein Dienst der reinen Liebe. Auch wenn du auf Ablehnung stößt, wenn du zurückgewiesen wirst, wenn dir sogar Hass entgegenschlägt:

Erwarte nicht, dass du für dein Tun von jedem geliebt wirst, erwarte nur, dass sich irgendwann jeder Akt von Liebe positiv auf das Gesamte auswirkt – und nur darum geht es.

Ich bin BABAJI.

Ich beseitige das Unrecht auf dieser Welt und ich beende die Dunkelheit auf dieser Erde.

Ich entzünde das Licht in deinem Herzen, so, wie du es dir verdient hast und wie es allen Menschen, die sich unter meinen Schutz stellen, zukommt.

Sorge dich nicht, denn ich sorge für dich!

BABAJI

„Die Gnade Gottes wirkt
außerhalb von kosmischen
Gesetzmäßigkeiten. Gott selbst
ist der Handelnde und Gott selbst
weiß, auf welche Weise, wo und
bei wem er schützend seine
Hand ausbreitet."

SAI BABA

DIE SCHÜTZENDE GNADE DES HERRN

SAI BABA

14 TAGE QUARANTÄNE
WACHSTUM UNTER DER OBHUT GOTTES
AUF UND AB
VERANTWORTUNG FÜR UNSERE KINDER

12. NOVEMBER 2021

14 TAGE QUARANTÄNE

JJK: Während ich meine Corona-Erkrankung auskuriere, wird in Österreich 2G eingeführt und über einen Lockdown für Ungeimpfte beraten. Dass dieser, wie selbst die Polizei bestätigt, unkontrollierbar ist, spielt dabei kaum eine Rolle. Es geht um Angst und darum, so viele Menschen wie möglich zur Nadel zu zwingen. Die österreichische Regierung ist außer Rand und Band und die Spaltung der Gesellschaft schreitet zügig voran. Die Stimmung im Lande hat sich merklich verändert - nicht zum Guten. Gut ist nur, dass sich auch der Widerstand formiert und dieser immer größer wird. Das macht Mut.

Mich beschäftigen neben dem Auswandern vor allem Fragen des Gottvertrauens, des Schutzes und besonders die Zukunft unserer Kinder betreffend. Ich meditiere, arbeite mit dem Kristallwürfel des Aufstiegs, lese viel und verbringe die meiste Zeit im Bett. Seit der Corona-Diagnose am 5.11.2021 - im Gegensatz zu meinem Bruder Karl hatte ich einen milderen Verlauf - war ich doch sehr geschwächt. An das Arbeiten war nicht zu denken und die 14 Tage Quarantäne empfinde ich immer noch als Wohltat und nicht als ein Eingesperrtsein.

Heute, am 12.11.2021, geht es mir schon viel besser und ich bin in der Lage, die zurückliegenden Tage zu reflektieren. Bei allem, was an Gedanken und Emotionen hochkam, was bearbeitet wurde und dann wieder ging, ist mir eine unbestimmte Sorge um die Zukunft geblieben. Das ließ sich bisher nicht „wegmeditieren" und so schlage ich einmal mehr das Buch, in dem ich in solchen Situationen immer wieder nachschlage, auf und meine Augen werden auf folgende Zeilen gelenkt:
„Was in erster Linie nötig ist für jemanden, der beschlossen hat, sich dem Herrn voll und ganz hinzugeben, ist ein Bewusstsein vollkommener Sicherheit unter der schützenden Gnade des Herrn."
(Jesus und Sai Baba, S. 380, Govinda Sai Verlag)

SAI BABA: Dieses Bewusstsein wird nach und nach erworben. Jede Krise ist eine Einladung dafür, dieser Wahrnehmung einen Schritt näher zu kommen.

JJK: Kann ich auch meine Kinder unter diese schützende Gnade Gottes stellen?

SAI BABA: Du kannst jeden Menschen unter diese Gnade stellen, damit kannst du nichts falsch machen.

JJK: Aber ist das dann nicht ein Übergriff auf den „Freien Willen"? Menschen ab dem 14. Lebensjahr sollen dies ja, so habe ich es in einigen Botschaften schon übermittelt bekommen, selbst entscheiden und wollen.

SAI BABA: ***Die Gnade Gottes wirkt außerhalb von kosmischen Gesetzmäßigkeiten. Gott selbst ist der Handelnde und Gott selbst weiß, auf welche Weise, wo und bei wem er schützend seine Hand ausbreitet.***

WACHSTUM UNTER DER OBHUT GOTTES

Einen Menschen unter den Schutz der göttlichen Gnade zu stellen, heißt nicht, dass dieser Mensch von jeder Prüfung ausgenommen bleibt, das heißt, dass dieser Mensch exakt die Prüfungen erhält, an denen er reifen kann – Wachstum unter der Obhut Gottes.

Ist ein Mensch für diesen göttlichen Schutz nicht bereit, dann geschieht das Wachstum auf einer anderen Ebene, auf einem anderen Level. Es werden andere Lektionen bearbeitet. Es ist eine niedrige Entwicklungsstufe, auf der sich dieser Mensch befindet.

Das, geliebter Mensch, soll nicht deine Sorge sein: Gott kennt die Menschen und Gott kennt dich.

AUF UND AB

JJK: Ich glaube, mir geht es derzeit so, wie es vielen Menschen in diesen Tagen geht – auf und ab. Manchmal bin ich total zuversichtlich und positiv, dann wiederum sehe ich keinen Ausweg und finde, alles entwickelt sich auf einer schiefen Ebene nach unten – direkt in eine technologische Diktatur hinein. Was ist zu tun, dass diese Schwankungen geringer werden oder gar nicht erst auftreten?

SAI BABA: Im „Spannungs-Energiefeld" diese Zeit sind solche Zustände kaum zu vermeiden. Wichtig ist, sie zu beherrschen und zu verstehen – zu verstehen, woher sie kommen, und dann mit dem göttlichen Licht, den Erzengeln, mit uns Meistern und mit Gott zu arbeiten.

Die Möglichkeiten, die wir haben, sind unbegrenzt – greift darauf zu. Es gibt nichts Besseres, als wenn ihr mehrmals täglich unsere Hilfe an- und einfordert.

Bleibt im ständigen Austausch, in ständiger Verbindung mit uns. Das ist die Partnerschaft, auf die es jetzt ankommt.

Ihr benötigt das Licht aus den spirituellen Reichen. Jetzt, wo in euren Breiten ein riesiger Mangel an Erleuchtung herrscht, bedarf es unseres Lichts. Diese Zeit findet ein Ende und es wird alles aufgeräumt und alles gelangt an das Licht. Jedoch zunächst gilt es, dass du in dieser Zeit selbst orientiert, stark und mutig bleibst – und das geschieht mit uns und durch uns.

Diese Zeit fordert die Menschen heraus, sich gänzlich neuen Perspektiven zu öffnen und einen kosmischen Blickwinkel auf dieses Geschehen einzunehmen. Wer seinen Blick nur auf das Irdische richtet, muss heute in Anbetracht dieser Dynamik verzweifeln.

JJK: Aber ich bin ja selbst ab und zu „down", wenn ich sehe, was geschieht und wie der Totalitarismus immer mehr Bereiche des Lebens einnimmt. Ich sehe meist das große Ganze, fühle mich gut angebunden, aber dennoch weiß ich manchmal einfach nicht weiter…

SAI BABA: Und hier greifen wir ein, gehen wir dir zur Hand. Hier tragen wir dich, wenn du nicht weiterkannst, mitsamt deinen Lasten. Das ist unsere Verabredung, das ist es, was dich und die Menschen jetzt sicher durch diesen Sturm bringt.

Täler sind da und müssen durchschritten werden, aber du gehst niemals alleine.

VERANTWORTUNG FÜR UNSERE KINDER

JJK: Oft wird gesagt, man soll an nichts hängen, soll alles aufgeben, damit man mit leeren Händen vor Gott steht. Aber meine Familie, meine Frau und meine Kinder, wie soll ich die aufgeben – da geht es ja um Verantwortung, so wie ich das sehe...

SAI BABA: Bitte bringt nichts durcheinander! Vater und Mutter tragen Verantwortung, solange die Kinder noch nicht selbst als Erwachsene im Leben stehen.

Gebt die innere Bindung an Dinge und Menschen auf! Gebt die innere Bindung an eure Kinder aber erst dann auf, wenn die Zeit dafür gekommen ist – rechtzeitiges Loslassen ist der Schlüssel.

Im Grund ereignet sich alles ganz von selbst, wenn du dafür offen bist. Kinder signalisieren den Eltern immer sehr klar, wann sie losgelassen werden wollen. Bis es so weit ist, stehen Eltern in der Verantwortung – und Sorgen, die die eigenen Kinder einschließen, sind menschlich.

Doch geht damit genauso um, wie hier beschrieben. Breitet alles vor Gott aus, legt alles auf dem Altar des Lichts und besprecht alles mit euren spirituellen Lehrern und Meistern.

Bittet um Antworten und um Lösungen – ihr werdet sie immer erkennen und erhalten.

Seid euch meiner Liebe und meines Schutzes gewiss. Ich bin allgegenwärtig.

SAI BABA

„Licht und Schatten wechseln in diesem Jahr stetig ab. Große, neue und lichtvolle Projekte entstehen genauso, wie mit aller Gewalt das herrschende System ausgebaut werden soll. In diesem Spannungsfeld ereignet sich das kommende Jahr."

BABAJI

WAS KOMMT 2022?

BABAJI

CORONA
ZERRISSENHEIT UND GEGENSÄTZLICHKEIT
LICHT UND SCHATTEN
JAHR DER ABSCHIEDE
BEZIEHUNGEN ÄNDERN SICH RADIKAL
MENSCHEN VERBINDEN SICH

15. NOVEMBER 2021

CORONA

JJK: Vor einem Jahr wurde mir in der Botschaft „Was geschieht 2021" zum Thema Corona gesagt: „Das Spiel geht vorerst weiter und endet so plötzlich, wie es begann." Heute ist Corona präsenter denn je! Habe ich mich da verhört?

BABAJI: Das Neue bahnt sich seinen Weg, die neue Menschheit wächst heran und das Goldene Zeitalter wird jetzt errichtet. Zunächst bricht alles, was diese Welt bisher zusammenhielt, zusammen – es zerfällt und erwächst nicht mehr.

Corona ist präsent, da die noch herrschenden Kräfte es dafür benutzen, um ihre Ziele zu erreichen. Corona als Krankheit hat sich in jene Phänomene eingereiht, die immer wieder kommen und die vom menschlichen Immunsystem zu bewältigen sind. Corona ist also verschwunden und trotzdem immer noch da. Das ist die Bestandsaufnahme für dieses jetzt beginnende neue Jahr 2022.

JJK: Was also können wir erwarten?

ZERRISSENHEIT UND GEGENSÄTZLICHKEIT

BABAJI: Dieses Jahr wird die ganze Zerrissenheit der Menschen und die Gegensätzlichkeit aufzeigen. Das Alte funktioniert nicht mehr und das Neue ist noch nicht etabliert. Viele Menschen – mehr als je zuvor – werden in den Heilsversprechen der alten Mächte keine Lösung mehr sehen und sich selbst auf die Suche begeben. So ist das kommende Jahr ein Jahr des Aufbruchs und das Jahr, in dem sich Gegensätze vereinen.

Dieses Jahr wird für die einen die Trennung noch mehr herausstellen und die anderen werden neue Verbindungen knüpfen. Es ist ein Jahr des Zweifels. Viele Menschen werden nicht wissen, was sie jetzt tun sollen und wie sie mit den gewonnenen Erkenntnissen umgehen sollen. Wie kann das, was dich innerlich antreibt, in die Realität umgesetzt werden? Geht das, werde ich Erfolg haben und wird mich das System torpedieren, Fragen über Fragen, die einer Lösung bedürfen.

LICHT UND SCHATTEN

Das Jahr 2022 bringt den Menschen auf die Ebene,

auf der er versucht die Gegensätzlichkeiten zu vereinen. Reife Seelen werden dabei große Erfolge feiern, Menschen aber, die ihre eigene Heilungsarbeit bis jetzt vernachlässigt haben, stehen vor nahezu unlösbaren Problemen. Das Alte funktioniert nicht mehr und für das Neue fehlt der Mut! So ist der Zwiespalt im Menschen zusammenzufassen.

Licht und Schatten wechseln in diesem Jahr stetig ab. Große, neue und lichtvolle Projekte entstehen genauso, wie mit aller Gewalt das herrschende System ausgebaut werden soll. In diesem Spannungsfeld ereignet sich das kommende Jahr.

Die Polarität zwischen negativ und positiv, dass alle Dinge zwei Seiten haben und dass es unsinnig ist – darüber zu streiten, wird in diesem Jahr ersichtlich.

Das heißt, wer neue lichtvolle Projekte angeht und anstößt, wer sich vom alten System einfach verabschiedet und neue Wege sucht – der hat heuer sehr gute Bedingungen dafür.

Wo Schatten ist, ist immer auch Licht. Es existieren immer zwei Seiten der Medaille und es geht darum, für welche Seite du dich jetzt entscheidest.

2022 beinhaltet die Null als Kreis – der Kreis als Symbol der vollkommenen Einheit in Gott. Der Kreis symbolisiert die Schöpfungsimpulse, die in diesem Jahr von der Urquelle allen Seins ausgehen. Damit ihr die Spaltung überwinden könnt und die Zwei als Brücke zum Nächsten und nicht als Trennlinie wahrnehmen könnt, existiert diese Verbindung zur Null.

In diesem Jahr ist es möglich, die Gegensätze zu vereinen, und viele Menschen werden diesen Weg sehr erfolgreich gehen. Die Menschen werden im Guten wie im Schlechten mit ihrem Karma konfrontiert.

Woran die Menschen jetzt noch festhalten, wird wegbrechen oder hinweg genommen. Das Neue hat Platz für den neugeborenen Menschen.

JAHR DER ABSCHIEDE

So ist dieses Jahr auch ein Jahr der Abschiede. Viele Menschen werden diese Ebene des Seins verlassen. Die Folgen von eigenen karmischen Bestimmungen und der unmenschlichen Politik der letzten 2 Jahre werden jetzt ersichtlich.

Jedoch über allem stehen das göttliche Wirken und die Gnade Gottes. In größter Bedrängnis wird euch Hilfe zuteil. Dieses Merkmal ist von nun an der ständige Begleiter jener Menschen, die sich Gott geweiht und dem Leben verschrieben haben.

Es ist die Zeit der unendlichen Gnade Gottes!

Menschen, die auf ihr Herz hören und mutig ihr Leben selbst in die Hand nehmen, werden große Unterstützung erfahren. Das ist die zweite Seite der Medaille. Wer bereit ist, sich auf das Leben einzulassen und die alten Denk- und Handlungsmuster zu hinterfragen, wird von Gott und den Engeln in einem bisher ungekannten Ausmaß Bestärkung erfahren.

Lichtvolle Projekte finden jetzt die besten Bedingungen zur Verwirklichung vor. Woran es vielen immer noch fehlt, ist der Mut, der Mut, auf das Herz zu hören und sich nicht vom Verstand das Leben diktieren zu lassen.

Ängste, Zweifel oder Sorgen treten immer dort auf, wo sich der Mensch von seiner inneren Stimme entfernt, wo er auf Sicherheit setzt, anstatt mutig neue Wege zu beschreiten.

Zweifel oder Gottvertrauen, Ängstlichkeit oder Hingabe, Mut oder Entmutigung – diese Wahl werden in diesem Jahr die Menschen treffen müssen. Daran führt kein Weg vorbei. Ihr seid die Eroberer eures Lebens. Ihr könnt heuer euer selbstbestimmtes Leben zurückerlangen, wenn ihr das mit aller Kraft verfolgt und euch mit ganzen Herzen an Gott wendet. Es ist euch alles gegeben. Ihr braucht es nur noch anzunehmen.

Menschen, die einen anderen Lebensweg wählen und die Zeitlinie der Künstlichen Intelligenz wählen, fallen aus eurem Leben heraus. Sie spielen keine Rolle mehr.

BEZIEHUNGEN ÄNDERN SICH RADIKAL

In diesem Jahr wird die Qualität von Beziehungen ausschlaggebend und es ist nicht mehr die Quantität, die euch erfüllt. Wer interessiert sich für tausend Bekannte, wenn er nur einen wirklichen Freund braucht?

Somit ist es ein Jahr, in dem sehr viele Beziehungen enden. Sie werden einfach nicht mehr weitergeführt, weil vor allem du das Interesse daran verlierst.

Auch Geschäftsbeziehungen verändern sich radikal. Wer sich mit seiner Firma nicht mehr identifizieren kann, wird ausscheiden. Für manche sind die derzeitigen Maßnahmen nur im ersten Moment ein Schock, sie werden sich aber im Laufe des Jahres als Segen herausstellen.

Wer bis zum Ende „NEIN" zu diesem genetischen Eingriff sagt, wird am Ende sehr viel Kraft und Zuversicht aus seiner Standhaftigkeit schöpfen und daraus sehr viel Mut für sein zukünftiges Handeln ableiten.

Das, was ihr im Jahre 2021 in Ansätzen erlebt habt, wird jetzt bestimmend: die Rückeroberung eurer Selbstbestimmung!

Die drei Zweien symbolisieren die Schöpfung in ihrer Gesamtheit. Sie ergeben in der Summe die Sechs, was bedeutet, dass wir in ein vollkommenes Zeitalter eintreten. Dafür muss alles, was dem im Weg steht, entfernt werden. Die große Reinigung setzt sich also fort und erreicht neue Dimensionen. Mutter Erde schüttelt sich, Erdmassen kommen in Bewegung und von der ZENTRALEN SONNE wird die Energie dafür bereitgestellt.

Ihr werdet hin- und hergerissen und zu Entscheidungen herangeführt und erst dann, wenn ihr in der Unmöglichkeit die richtige Lösung erkannt habt, treten Frieden und eine unglaubliche Erfüllung ein.

Von diesem Glücksgefühl werden in diesem Jahr alle, die mutig neue Wege gehen, erfasst. Ihr werdet in eurem mutigen Handel bestätigt!

MENSCHEN VERBINDEN SICH!

Auf diese Weise werdet ihr euren Entscheidungen zu vertrauen lernen und bei der Umsetzung werden euch keine Prügel mehr in den Weg gelegt. In diesem Jahr kommt es darauf an, zu erkennen, was du willst, und bereit zu sein, dich dafür einzusetzen. Wohin gibst du deine Energie?

Es ist alles möglich und es wird alles möglich - im Guten wie im Schlechten, du hast die Wahl und du hast dein Leben in der Hand.

Aus Zweideutigkeit wird Eindeutigkeit und aus der Trennung wird die Linie, die immer mehr Menschen verbindet. Das ist das Jahr 2022.

Aus dem göttlichen Sein gelangt auch weiterhin ausreichend Energie zur Transformation auf die Erde. Dein Herz zu öffnen, unter Gottes Schutz zu stehen und mit der Hilfe der Mächte des Lichts DEINEN spirituellen Pfad zu finden und dann auch bereit sein zu gehen, das ist es, worauf es jetzt für dich ankommt.

Es ist für alles gesorgt – so du bereit bist, das Gefängnis deiner Gedanken, Emotionen und Meinungen zu verlassen. Die NEUE Zeit ist da, das NEUE Leben will gelebt werden – mit Gott als Anker und mit mir als Navigator.

Ich liebe dich unendlich und ich bin immer bei dir.

BABAJI

„Wenn du bereit bist,
dich selbst ganz unter den
Schutz und die Obhut Gottes
zu begeben, dann hast du die
wirksamste Vorsorge getroffen."

SAI BABA

BITTE GOTT SELBST UM FÜHRUNG!

SAI BABA

DIE LIEBE DES HERRN
WEGE TRENNEN SICH
VOLLENDUNG

16. NOVEMBER 2021

DIE LIEBE DES HERRN

„Bitte Gott selbst um Führung. Er wird dich mit Sicherheit selbst an der Hand nehmen und dich an allen Klippen vorbeiführen." SAI BABA
(Jesus und Sai Baba, Govinda Sai Verlag, S. 176)

JJK: Mit diesem Satz bin ich heute aufgewacht! Schöner geht es ja nicht...

SAI BABA: Das ist die Liebe des Herrn, die sich dem offenbart, der sich vertrauensvoll in SEINE Hände begibt. Diese Zeit verlangt danach und ihr seid herausgefordert, diese Phase des Aufstiegs mit Gott zu meistern. Verbannt Gott nicht aus eurem Leben, sondern geht eine innige Beziehung mit Gott ein.

Alles fügt sich, alles ist möglich mit Gott. So viel Leid und Elend geschieht nur, weil der Mensch sich selbst überlassen ist.

Das Leben auf dieser Erde kann zu einer Perlenkette von glücklichen Fügungen oder aber zu einer Folge von unglücklichen Ereignissen werden.

Wenn du bereit bist, dich selbst ganz unter den

Schutz und die Obhut Gottes zu begeben, dann hast du die wirksamste Vorsorge getroffen.

Heute befindet sich ein großer Teil der Menschheit unter Hypnose. Hypnotisiert von den dunklen Magiern dieser Matrix befolgen sie deren Anweisungen. Allmählich verblasst das Menschliche und das Künstliche tritt hervor.

WEGE TRENNEN SICH

Diesen Weg haben viele Menschen jetzt angetreten. Es ist ein Weg in die völlige Abhängigkeit von dieser Matrix und ein Weg, der erst in Äonen verlassen werden kann. Gibt es noch einen Ausweg für diese Unglücklichen? Ja! Es ist der Tag, der da kommt und an dem für einen Augenblick allen Menschen die Augen und die Herzen geöffnet werden.

Doch werden die Menschen dann die richtige Wahl treffen und umkehren? Viele werden auch diese Gelegenheit verstreichen lassen und in die Zeit zurückgeworfen werden. Dann erst trennen sich die Welten endgültig und dann erst ist der Tag des Aufstiegs gekommen.

Aufgrund von seelischen und karmischen Entscheidungen tritt nun eine große Zahl von Menschen den Weg in die Unbewusstheit an. Aufgrund von eigenen Beschlüssen und aufgrund des Reifegrades ihres Wesens werden diese Menschen in die Erfahrung des genetisch veränderten Menschen eintauchen, so tief, bis sie Jahrtausende später dem Himmel das Signal senden, dass sie Befreiung erlangen und Hilfe erhalten wollen.

VOLLENDUNG

Für dich jedoch, der du den Pfad des Lichts gewählt hast und deine Reise auf diesem Planeten jetzt beschließt, gestalten sich die Dinge anders. Du stehst direkt unter Gottes Obhut und du bist behütet alle Tage.

Es vollendet sich dein Kreis und damit auch der Kreis der Welt. Du und deine Lichtgeschwister sind heute vor Ort, damit ihr Ankerpunkte setzt und das Licht, das von euch ausstrahlt, als bleibende Erinnerung, als Spur im Erdenboden jenen hinterlasst, die zurückbleiben.

Denn eines Tages heißt es für alle Menschen Aufbruch und Aufstieg in die fünfte Schwingungsdichte der Schöpfung.

Ich bin bei euch, niemand ist alleine, keiner wird verlassen. In der Obhut Gottes und unter dem Schutz von Aufgestiegenen Meistern, der Erzengel und Engel wirst du jede Klippe umschiffen und die Herausforderungen dieser Zeit meistern.

SAI BABA

„Hilfe wird euch immer zuteil,
die Entscheidungen treffen müsst
ihr selbst. Darauf kommt es an:
Eigenverantwortlich zu handeln
und dabei immer auf Gottes
Hilfe zu vertrauen und auf SEINE
Gnade zu bauen – das ist
der Weg."

SANANDA

WAS HEISST GOTTVERTRAUEN?

SANANDA

IN GOTTES HAND
IMPFPFLICHT IN ÖSTERREICH

17. NOVEMBER 2021

IN GOTTES HAND

JJK: Ich bin ganz in Gottes Hand – nach diesem Motto lebe ich. Doch ich frage mich oft auch, welchen Anteil habe ich zu leisten? Wo muss ich selbst Verantwortung übernehmen? Wenn ich zum Beispiel weiß, dass ein Hochwasser mein Haus wegschwemmen könnte, dann bin ich doch dafür verantwortlich, Dämme zu bauen oder Vorkehrungen zu treffen, damit ich davor bewahrt werde? Oder reicht es hier einfach aus zu sagen: „Gott kümmert sich schon darum?“ Mein Motto ist: „Hilf dir selbst, dann hilft dir Gott!“ Nur viele Menschen, speziell in der Esoterik-Szene, haben dafür überhaupt kein Verständnis. Sie frohlocken auf Wolke 7 und kümmern sich um sonst nichts. Was also ist der richtige Zugang zu einem Leben im Gottvertrauen?

SANANDA: Deine Beschreibung ist zutreffend. Auf irdischer Ebene gilt es die irdischen Bedingungen zu berücksichtigen. Es ist richtig, alles Menschenmögliche zu unternehmen, so Gefahr von einem abgewandt werden soll, erst danach kannst du getrost alles Gott überlassen.

JJK: Mir ist die Geschichte aus dem Buch „Autobiografie eines Yogi“ von Paramahansa Yogananda noch in guter Erinnerung. Yogananda erzählt von seinem erleuchteten Meister Sri Yukteswar Giri, der sein Haus nur selten verließ. Auf die Frage warum dies so sei, antwortete der Meister: Er habe in seiner Familie Menschen, die sich das Haus gerne aneignen würden, und wenn er zu lange fort wäre, könnten sich diese Menschen seines Hauses bemächtigen.

Das heißt, hier operiert ein Meister ganz nach den irdischen Begebenheiten. Ihm, der Tote zum Leben erwecken konnte, wäre es ein Leichtes, diese Menschen zur Räson zu bringen. Jedoch sind solche Eingriffe, speziell wenn es einen selbst betrifft, nicht erlaubt.

SANANDA: So ist es! Legt bitte die Scheuklappen ab, indem ihr glaubt, ihr bräuchtet euch um nichts Irdisches zu kümmern. Das ist ein Irrtum. Blickt scharf und ohne Furcht auf die aktuellen Entwicklungen und setzt euer Leben in Beziehung zu dem, was sich jetzt ereignet!

IMPFPFLICHT IN ÖSTERREICH?!

Es gibt immer Lösungen, doch ihr müsst euch um die Lösungen bemühen und mutig gegen den Strom schwimmen. Auf allen Ebenen gilt es wach zu bleiben und wachsam zu sein. Lass dich von Gott auch in irdischen Angelegenheiten führen. Gott wohnt nicht nur im hundertsten Stock, sondern begegnet dir vor allem auch im Tiefparterre – und Gott kann die Umstände in deinem Leben günstig verändern, in das Licht drehen und alles, was dir Schaden zufügt, ungeschehen machen. Gott ist alles möglich. Nichts kann dir geschehen, wenn du in Gott vertraust, doch dafür ist deine Mitarbeit gefordert, dem Leben wachsam zu begegnen. Das Ignorieren von Tatsachen ist hier der falsche Weg, da auf diese Weise kein inneres Wachstum generiert werden kann.

JJK: Jetzt wird in Österreich die allgemeine Impfpflicht diskutiert. Wird das kommen?

SANANDA: Alles weist darauf hin. Bleibt aber im Vertrauen und habt Mut, das Kartenhaus wird zusammenbrechen.

Beobachtet die Entwicklungen genau und entscheidet für euch selbst, wie ihr damit umgeht.

Hilfe wird euch immer zuteil, die Entscheidungen treffen müsst ihr selbst.

Darauf kommt es an: Eigenverantwortlich zu handeln und dabei immer auf Gottes Hilfe zu vertrauen und auf SEINE Gnade zu bauen – das ist der Weg.

Mit dieser Botschaft verabschiede ich mich für jetzt.

Gott umgibt dich von allen Seiten, du bist vollkommen in SEINER Hand. Lebe dein Leben!

„Alle Regierungen,
die dem System der Lüge dienen,
stehen auf tönernen Beinen.
Wird euch das bewusst, dann ist
die Zeit reif für den Wandel,
den ihr euch verdient und
erarbeitet habt."

DIE ENGEL

DIE DÄMME BRECHEN!

DIE ENGEL

ZEIT DER PRÜFUNG
VERBÜNDET EUCH UND STEHT ZUSAMMEN!

20. NOVEMBER 2021

ZEIT DER PRÜFUNG

Geliebte Menschen!

Legt die Furcht ab! Gott und die himmlischen Mächte sind mit euch! Schreitet durch diese Zeit der Prüfung mutig hindurch – ihr seid nicht alleine, sondern umgeben von euren Lichtgeschwistern aus den unsichtbaren Reichen.

Wir geben euch Halt und wir machen euch Mut. Das ist eure Verabredung auf Erden! Jetzt seid ihr gefordert und ihr seid auf diese entscheidenden Tage der Menschheit in vielen vorangegangenen Leben und vor dieser Geburt vorbereitet worden.

Jetzt geht es darum, das Spiel zu drehen und dem Licht näher zu kommen. Dafür bedarf es der Wahrheit, der Wahrheit, die jetzt mit allen Mitteln unterdrückt wird. So geschieht es nun, dass die Dämme brechen und es zeigt sich das dunkle und bösartige Gesicht der Herrschenden.

Niemand kann heute noch seine wahren Absichten hinter einer Maske verbergen – und so werden sie erkannt.

Das ist ein sehr schmerzvoller Prozess für jene, die diesen Menschen vertraut haben, und diesem Prozess widersetzen sich innerlich derzeit sehr viele Menschen. Das ist der Grund, warum es noch nicht zu einem Kippeffekt gekommen ist, das ist die Ursache dafür, dass sich der Wandel in die Länge zu ziehen scheint.

Die meisten Menschen werden weiterschlafen und in die Vorgaben der zukünftigen Matrix einwilligen. Eine beträchtliche Anzahl von Menschen wird das aber niemals tun.

So werden sich am Tage, der nahe ist, die Welten trennen und ihr werdet einander nicht mehr kennen.

VERBÜNDET EUCH UND STEHT ZUSAMMEN!

Jetzt geht es darum, dass ihr eure Meisterschaft erlangt, dass ihr kraft eures Willens dem Himmel signalisiert, was ihr wirklich wollt und wofür ihr einzustehen bereit seid. Was ihr derzeit erlebt, ist eine Übergangsphase, die die EINEN hinunterzieht und die ANDEREN anhebt und erhöht.

Worum es jetzt geht, ist: deine Entscheidung zu treffen. Dann wird dir göttliche Hilfe zuteil und der Himmel beginnt für dich auf Erden zu intervenieren.

Niemand ist alleine – und genauso wenig wird das Friedensreich auf Erden von einem einzigen Menschen erschaffen.

Verbündet euch und steht zusammen, gemeinsam könnt ihr alles erreichen! Alle Regierungen, die dem System der Lüge dienen, stehen auf tönernen Beinen. Wird euch das bewusst, dann ist die Zeit reif für den Wandel, den ihr euch verdient und erarbeitet habt.

Bleibt mit dem Herzen im Gottvertrauen und haltet eure Augen offen!

Trefft die notwendigen Entscheidungen und wisset: Das Ende der Lüge und der Triumph der Wahrheit sind nahe!

Wir stehen euch bei – vertraut und handelt euren Eingebungen gemäß.

In unendlicher Liebe
DIE ENGEL

„Nicht du bist im Widerstand,
sondern jene Kräfte,
die sich gegen dein
Erwachen sträuben."

ERZENGEL HANIEL

MORGENRÖTE DER BEFREIUNG

ERZENGEL HANIEL

KEIN GRUND ZU VERZAGEN!
ANGELT IM OZEAN DER ERKENNTNIS

21. NOVEMBER 2021

KEIN GRUND ZU VERZAGEN!

Geliebte Menschen!

Fasst Mut, bleibt in der Liebe und im Frieden! Widersteht den Androhungen und den Angst machenden Nachrichten des Systems! Damit sollt ihr unsicher, aus der Mitte gebracht und in die Angst getrieben werden. Denn nur ein ängstlicher und verunsicherter Mensch ist lenkbar.

Bindet euch täglich an die Quelle an, verbindet euch mit dem Wissen in euch und mit eurer Seele. Eure Seele weiß, wann ihr wo zu sein und was ihr wann zu tun habt.

Es gibt keinen Grund zu verzagen! Dafür gibt es genügend Gründe, diese Zeit anzunehmen und mit ihr angemessen umzugehen. Ihr seid in diese Zeit hinabgestiegen, damit ihr euren Beitrag zum großen Wandel leistet – und heute findet dieser Wandel statt.

Wovon lange Zeit geredet und was euch über Jahre angekündigt wurde, ereignet sich heute, hier und jetzt vor euren Augen und mit eurer Kraft: der Wandel von einer unbewussten zur voll bewussten Menschheit.

Das erzeugt Widerstand, Widerstand bei jenen, die fürchten, euch als Energiequelle zu verlieren, Widerstand bei jenen, die euch manipulieren wollen und von euren Ängsten bisher gut gelebt haben, Widerstand bei jenen, die jetzt alles verlieren werden, was ihnen jahrtausendelang sicher war.

Nicht du bist im Widerstand, sondern jene Kräfte, die sich gegen dein Erwachen sträuben.

So werden Maßnahmen und Regeln ersonnen, die den Zug der Zeit aufhalten oder zumindest bremsen sollen.

Diese Zeitqualität bringt die Morgenröte der Befreiung – und doch ist es noch ein Stück des Weges, bis das, was ihr manifestieren wollt, für eure Augen sichtbar wird und sich zeigt.

ANGELT IM OZEAN DER ERKENNTNIS

So bleibt in der Freude und im Gottvertrauen! Angelt mit wachem Geist im Ozean der Erkenntnis! Angelt nach Liebe und Hingabe und schirmt euch von den Energiefeldern der Angst ab!

Seid bereit für einen Kampf, der darin besteht, eure eigenen Ängste zu bändigen und dort, wo es notwendig ist, NEIN zu sagen. Lasst euch niemals von diesem System der Manipulation einfangen, gebt niemals auf und wendet euch in euren Gebeten und Meditationen direkt an Gott. In allen Bestrebungen ist jetzt der direkte Weg der einzige Weg.

Du brauchst keinen Vermittler mehr, was du brauchst, sind die innere Kraft und der Wille, dich ganz auf deine Seelenverträge einzulassen und diese zu leben. Erfülle dein Herz mit dem Wunsch nach Erkenntnis und Wissen, nach Erkenntnis um deine Herkunft und nach dem Wissen, was du hier und jetzt zu tun gekommen bist.

Es wird dir gegeben, sobald du dir ein Herz fasst und signalisierst, dass du bereit bist, DEIN Leben zu leben.

Das ist die Botschaft: Finde deine Aufträge und lebe sie mit Gott im Herzen! Diese Zeit fordert dich auf und ist eine Einladung dafür.

Ich liebe dich unendlich
ERZENGEL HANIEL

„Es besteht kein Zweifel:
Kraft eures Bewusstseins erlangt
ihr die Macht des Handelns
zurück! Das Gefängnis Erde wird
aufgelöst – dieser Planet wird
zu einem Ort der Freiheit und
des Friedens. Die verbleibenden
Menschen werden die Einheit der
Menschheit besiegeln."

DIE ERZENGEL

GEBOT DER STUNDE UND MACHT DES HANDELNS

DIE ERZENGEL

AUFSTEHEN UND FÜR DIE FREIHEIT EINTRETEN!
NEUER SCHUTZ
DIE SÄULEN DER MACHT

22. NOVEMBER 2021

AUFSTEHEN UND FÜR DIE FREIHEIT EINTRETEN!

Aufstehen und für die Freiheit und für das Leben eintreten – diese Haltung verlangt von euch diese Zeit!

Geliebte Menschen!
Noch ist euch eure eigene Macht und Kraft zu wenig bewusst, jedoch: Ihr erwacht!

Es ist Zeit dafür, dass ihr euch als Menschen erhebt – und zeigt, dass ihr Menschen und keine seelenlosen Roboter seid. Die Ereignisse zeigen, dass ihr nicht mehr schweigen könnt, dass ihr euch nicht mehr verstecken sollt und dass das Ertragen von Umständen keine Lösung mehr darstellt.

Ein Kampf, der auf allen Ebenen ausgefochten wird, ist jetzt vonnöten und du selbst bist es, der entscheidet, auf welcher Ebene du dich an diesem Kampf beteiligst.

Es ist die Zeit, in der sich niemand mehr heraushalten kann, in der du Verantwortung für dein Leben und für das Leben jener, die dir anvertraut sind, übernehmen musst.

NEUER SCHUTZ

So geschieht es, dass du jetzt einen neuen und erweiterten Schutz erhältst, denn ich sage dir: Ein jeder, der für seine Menschlichkeit einsteht, steht unter diesem Schutz des Himmels und jener Kräfte, die unsichtbar für die Wahrheit und für den Frieden auf Erden intervenieren.

Wir sind eine einzige kosmische Familie und das wirkt sich jetzt auf die gesellschaftlichen Entwicklungen aus.

Verzagt nicht, sondern fasst neuen Mut! Immer wenn ihr glaubt, keine Lösung sei in Sicht, bleibt innerlich in tiefem Gottvertrauen, bleibt angebunden – und ihr werdet Wunder erleben und selbst Unvorstellbares auslösen.

DIE SÄULEN DER MACHT

Die Säulen der Macht tragen diese Matrix nicht mehr und die Mächtigen fallen, da sie sich den lichten Energien, die seit Jahrzehnten auf die Erde strömen, verschlossen haben.

Es besteht kein Zweifel: Kraft eures Bewusstseins erlangt ihr die Macht des Handelns zurück! Das Gefängnis Erde wird aufgelöst – dieser Planet wird zu einem Ort der Freiheit und des Friedens. Die verbleibenden Menschen werden die Einheit der Menschheit besiegeln.

Ja „verbleibend", denn viele von denen, die heute das Spiel noch bestimmen oder durch die Teilnahme daran ungünstiges Karma erschaffen, können nicht Teil der neuen „freien Menschheit" werden.

So liegt es jetzt an dir, aufzustehen und dein Gesicht als Mensch unter Menschen zu zeigen. Wirst du belächelt, sorge dich nicht, wirst du bekämpft, sorge dich nicht, wirst du missachtet, sorge dich nicht! All das vergeht und was bestehen bleibt, bist du in deiner Menschlichkeit und in deiner Souveränität. In der Zeit der Wahrhaftigkeit ist alles möglich und es gelangt alles an das Licht.

Das Gebot der Stunde: mutiges, authentisches und menschliches Handeln.

Wir lieben euch unendlich
DIE ERZENGEL

„Alle Maßnahmen,
die eure Freiheit einschränken und
die von dunklen Kräften ersonnen
wurden, werden hinweggefegt
werden durch ein Ereignis,
das alles überwiegt."

BABAJI

AN EINEM EINZIGEN TAG …

BABAJI

GÖTTLICHE HILFE
TRANSFORMATIONSGESCHWINDIGKEIT
KREATOR

27. NOVEMBER 2021

GÖTTLICHE HILFE

Seid stark und lasst euch nicht entmutigen! Bleibt in eurer Kraft! Sucht nach der Kraftquelle in eurem Herzen und ihr werdet diese Zeit gut meistern.

Wenn alles verloren scheint, wird euch göttliche Hilfe zuteil – und wenn alle Wege verbaut und alles Menschenmögliche nicht mehr fruchtet, wird euch göttliche Hilfe zuteil.

Die Neugestaltung dieser Erde geschieht, nachdem ein jeder Mensch die Gelegenheit erhalten hat, sich an den derzeitigen Transformationsprozessen zu beteiligen. Dein „NEIN!“ oder dein „JA, ICH WILL!“ wird jetzt vom Schöpfer gehört und wahrgenommen – und so steht am Ende dieser Zeit fest, welchen Weg du gewählt hast und welche Reise du antreten wirst.

Es ist für alles und für einen jeden Menschen gesorgt. Für deine Entwicklung zu einem voll bewussten Geschöpf Gottes ist Fürsorge getragen – deine Erinnerung daran kehrt zurück.

TRANSFORMATIONSGESCHWINDIGKEIT

Mit jedem Tag, der jetzt anbricht, ist dir eine weitere Gelegenheit gegeben, um dich neu auszurichten, und mit jedem Tag, der jetzt endet, stellst du fest, dass du ein anderer bist – als der du am Morgen noch warst.

Die Transformationsgeschwindigkeit nimmt zu, ein Tag ist heute wie vor einem Jahr ein Monat. Diese Geschwindigkeit ist vonnöten, denn der Tag, an dem sich alles verändert, ist nahe.

Alle Maßnahmen, die eure Freiheit einschränken und die von dunklen Kräften ersonnen wurden, werden hinweggefegt werden durch ein Ereignis, das alles überwiegt.

Diese Zeit dient dir dafür, dass du wächst, dass du innerlich stärker und mutiger wirst und dass du deine Selbstbestimmung zurückerlangst. Du musst wissen, welches spirituelle Kraftwerk du bist, du musst deine Stärke erfahren und über deine spirituelle Macht verfügen.

Das führt zur Entspannung der äußeren Lage und führt zur Entspannung in dir selbst.

Noch fühlst du dich zu oft als Opfer, noch glaubst du irgendwer auf Erden könnte über dich bestimmen, noch kann man dich entmutigen.

Doch diese Zeit endet jetzt, denn mit jedem Tag erwachst du in deine Kraft und es wird dir bewusst, dass von dir alles ausgeht.

KREATOR

Heilung und Frieden, Wahrheit und Liebe – alles kann geschehen, sobald du bereit bist, dich selbst als Kreator wahrzunehmen.

Das Göttliche in dir wird jetzt erweckt und allein dafür ist diese Zeit der Prüfung so bedeutsam. Jetzt erwirbst du deinen spirituellen Feinschliff und die, die sich bis heute von der Transformation fernhielten, erhalten die letzte Einladung dafür. So geschieht es nach dem göttlichem Willen, dass die Menschen in SEINER Gnade geborgen und beschützt sind – und so geschieht es, dass du von nun an furchtlos, stark und mutig die Aufgaben, die dir das Leben stellt, meisterst.

Durchschreite das Dunkel dieser Zeit und sei dir gewahr, dass du Schritt für Schritt der Wahrheit entgegengehst und dem Lichte näherkommst. Durch die Macht Gottes wird diese Welt an einem einzigen Tag vergehen und kraft deines göttlichen Bewusstseins wirst du am anderen Tage auferstehen.

Es geschieht, was geschehen muss – und was jetzt ist, ist die Vorbereitung und Einstimmung auf diesen Tag.

Sei ohne Furcht und nutze die Zeit! Lass dich nicht entmutigen! Erspüre deine innere Kraft und erfasse die Macht deines göttlichen Bewusstseins!

Das ist mein Auftrag an dich.

BABAJI

„Die WIR-Kraft der Menschheit
wird mitten in der größten Krise
geboren und mitten in den
größten Umbrüchen fühlen
sich manche Menschen
zum ersten Mal lebendig."

DIE HÜTER DER WELTEN

ES IST VORBEI!

DIE HÜTER DER WELTEN

GESEGNET BIST DU!

29. NOVEMBER 2021

GESEGNET BIST DU!

Gesegnet ist der Mensch, der heute auf der Erde weilt und seinen einzigartigen und unersetzlichen Beitrag für diesen Wandel leistet. Gesegnet bist DU!

Jetzt werden Nägel mit Köpfen gemacht und alles kommt an das Licht. Es zeigt sich, was über Jahrtausende im Verborgenen entwickelt und über dieser Welt ausgebracht wurde. Die dunkle Matrix und die Herrscher dieser Matrix müssen – aufgrund der enormen Lichtflutung aus dem Sein – ihre Deckung aufgeben.

Auf diese Weise erfahren jetzt immer mehr Menschen, was im Hintergrund wirklich geschieht und wer im Hintergrund diese Welt bewegt und antreibt.

Es ist vorbei!

Die Furcht vor dem Ungewissen schwindet bei den Menschen und an diese Stelle treten die Zuversicht und das Vertrauen in die eigene Kraft.

Die WIR-Kraft der Menschheit wird mitten in der größten Krise geboren und mitten in den größten

Umbrüchen fühlen sich manche Menschen zum ersten Mal lebendig.

Es ist vorbei!

Die Zeit der großen Umbrüche ist wahrlich gekommen und jetzt verändern die Gestirne ihren Platz. Wo Wasser ist, werden Städte sein – und Städte, die in den Himmel ragen und für die Ewigkeit gebaut schienen, werden untergehen.

Es ist vorbei!

Jetzt beginnt das große Erwachen. Die Zahl, die für die finalen Umbrüche notwendig ist, wird jetzt erreicht und die Umbrüche werden in einem atemberaubenden Tempo vor sich gehen.

Es ist vorbei!

Keine Zeit ist mit dieser vergleichbar, denn Menschen, von denen es niemand mehr erwartet hätte, wachen auf, sie stehen auf und sie sagen „NEIN“. Sie sagen „NEIN“ zur Unterdrückung und sie sagen „JA“ zur Freiheit – und immer mehr Menschen sind bereit, dafür einzustehen.

Es ist vorbei!

Opfer sind und werden erbracht. Leid kann nicht ungeschehen gemacht oder auch in der Zukunft nicht ganz verhindert werden. Doch ihr bringt diesen Einsatz und ihr seid bereit zu springen, ohne zu wissen, wo ihr am Ende landen werdet.

Es ist vorbei!

Gottvertrauen, die Liebe zur Wahrheit und die Sehnsucht nach dem Licht werden für immer mehr Menschen bedeutsam. Keine Zeit ist wie diese und so sind überraschende Wendungen im Weltgeschehen an der Tagesordnung.

Es ist vorbei!

Die Kräfte der Finsternis glauben bis heute das Spiel zu kontrollieren, jedoch in Wahrheit haben sie die Fäden nicht mehr in ihrer Hand und die Puppen tanzen nicht mehr nach ihrem Willen.

Es ist vorbei!

Ja, es ist die Zeit, in der sich sehr viele Menschen von dieser Erde verabschieden. Sie werden den Aufstieg, den Weg in die nächst höhere Dimension nicht mit euch vollziehen können. Jedoch die Gelegenheit dafür wird sich auch diesen Menschen eines fernen Tages bieten.

Es ist vorbei!

Freunde werden aufgegeben und selbst in den Familien gehen die Menschen getrennte Wege. Das Schwert der Wahrheit trennt die EINEN von den ANDEREN. Diese Trennung muss jetzt sein, denn wie willst du dich erkennen, wenn du dein Licht unterdrücken und dich von Blinden als Blinder bezeichnen lassen musst.

Es ist vorbei!

Gott selbst greift in diesen Prozess der Erhebung ein und Gott selbst ist es, der dich jetzt einlädt, dich ganz IHM hinzugeben. Lass dich einfach fallen, lass einfach los und lass alles in Liebe geschehen!

Es ist vorbei!

Deine Auferstehung ist kein Märchen, deine Wiedergeburt ist kein Mythos und dein Erwachen ist keine Illusion – ganz im Gegenteil! Jetzt beginnst du zu begreifen, wer du bist und was dich ausmacht. Jetzt erwachst du aus dem langen Schlaf und du erinnerst dich nicht mehr an die geträumten Leben.

Es ist vorbei!

Durch Gottes Liebe heilt dein Herz und in Gottes Gnade wird diese Erde ein Paradies für Menschen, die guten Willens und voller Licht und Liebe sind.

Wir sind die Vollender deiner Vollendung.

Wir sind die
HÜTER DER WELTEN

PUBLIKATIONEN JAHN J KASSL

BEFREIUNG
Lichtwelt Verlag, gebundene Ausgabe (2021)

SANANDA OFFENBARUNGEN – TEIL II
Lichtwelt Verlag, gebundene Ausgabe (2021), eBook (2012)

VOLLENDUNG
Lichtwelt Verlag, gebundene Ausgabe (2021)

GELASSENHEIT IM STURM
Lichtwelt Verlag, gebundene Ausgabe (2021)

ERLÖSUNG
Lichtwelt Verlag, gebundene Ausgabe (2020)

SANANDA OFFENBARUNGEN – TEIL I
Lichtwelt Verlag, gebundene Ausgabe (2020), eBook (2010)

ENTSCHEIDENDE JAHRE DER MENSCHHEIT
Lichtwelt Verlag, gebundene Ausgabe (2020)

DU BIST BEHÜTET
Lichtwelt Verlag, gebundene Ausgabe (2021, 2019)

LICHTSPUR IN DAS GOLDENE ZEITALTER
Lichtwelt Verlag, gebundene Ausgabe (2019)

SPRACHE DER SEELE – 13 SCHLÜSSEL DES LEBENS
Lichtwelt Verlag, gebundene Ausgabe (2019), eBook (2011)

WANDEL DER HERZEN
Lichtwelt Verlag, gebundene Ausgabe (2018)

ATMAR – JENSEITS ALLER KONZEPTE
Lichtwelt Verlag, gebundene Ausgabe (2018)

KURS ZUR FREIHEIT - BABAJI
Lichtwelt Verlag, gebundene Ausgabe (2018), eBook (2012)

IM ZEICHEN DES WANDELS
Lichtwelt Verlag, gebundene Ausgabe (2018)

JETZT BIST DU DA - TAGEBUCH EINES ERWACHENS
GESPRÄCHE MIT JESUS SANANDA
Lichtwelt Verlag, gebundene Ausgabe (2017)

KURS IM KREIEREN - PAUL DER VENEZIANER
Lichtwelt Verlag, gebundene Ausgabe (2017), eBook (2012)

DIE ERDE WIRD NICHT ZERSTÖRT!
Lichtwelt Verlag, gebundene Ausgabe (2017)

30 TORE ZUR ERLEUCHTUNG
Lichtwelt Verlag, gebundene Ausgabe (2020, 2017), eBook (2012)

ES WIRD STILL AUF DIESER WELT
Lichtwelt Verlag, gebundene Ausgabe (2016)

DIE JESUS BIOGRAFIE - TEIL I
Lichtwelt Verlag, gebundene Ausgabe, 4. Auflage (2020), eBook (2010)

DIE GROSSE ZEIT IST GEKOMMEN
Lichtwelt Verlag, gebundene Ausgabe (2021, 2015)

KRISTALLWÜRFEL DES AUFSTIEGS - MIT ARBEITSBUCH
Lichtwelt Verlag, Sondereinband (2015)

LICHT I - HEILUNG DURCH GOTT
Lichtwelt Verlag, gebundene Ausgabe, 2. Auflage (2018), eBook (2011)

ELIJA PROPHEZEIUNGEN 49 - 65,
FÜR ALLE 4D-WELTEN BIS IN DAS JAHR 3000
Lichtwelt Verlag, eBook (2014)

TELOS, WILLKOMMEN IN AGARTHA
Lichtwelt Verlag, gebundene Ausgabe (2020, 2015, 2014), eBook (2015)

LEBEN, BAND I
Lichtwelt Verlag, gebundene Ausgabe (2021, 2013), eBook (2014)

ELIJA PROPHEZEIUNGEN 1-48
Lichtwelt Verlag, eBook (2013)

TROMMELSCHLAG DES SCHÖPFERS
Lichtwelt Verlag, eBook (2013)

DER LICHTNAHRUNGSPROZESS - GRENZERFAHRUNG IN 21 TAGEN
Lichtwelt Verlag, eBook (2011)

DIE JESUS BIOGRAFIE - TEIL II
Lichtwelt Verlag, gebundene Ausgabe (2021, 2011), eBook (2010)

2026 OFFENBARUNGEN GOTTES
Lichtwelt Verlag, gebundene Ausgabe (2021, 2011), eBook (2010)

LICHT II
Lichtwelt Verlag, gebundene Ausgabe (2009), eBook (2010)

Alle Titel erhältlich im Lichtwelt Verlag – www.lichtweltverlag.at

BÜCHER VON JAHN J KASSL

JAHN J KASSL

VOLLENDUNG

DAS GROSSE ERWACHEN

Wir befinden uns mitten in den größten Umbrüchen seit Menschengedenken - und wir gestalten diese Zukunft selbst mit! Deshalb ist es völlig unbedeutend, ob eine Clique in Davos vom „Great Reset“ spricht! Bedeutung hat allein, was jeder einzelne Mensch wirklich anstrebt und was wir gemeinsam als Menschenfamilie wollen.

„Corona ist nicht von Dauer“ heißt es in einer Botschaft und doch überlagerte dieses Thema ein ganzes Jahr. Es ist nur logisch, dass sich die Phänomene dieser Krise wie ein roter Faden durch die Gespräche ziehen. Corona ist ein Brennglas für unsere Erkenntnisprozesse und ist gewissermaßen ein „Glück“ für unser spirituelles Wachstum. Die Lichtebenen des Seins beleuchten diesen Umstand, denn es macht Sinn, dass wir derzeit mit so viel Sinnlosigkeit konfrontiert werden.

In diesem 10. Band der Meisterdialoge vollendet sich ein Zyklus der Menschheit. Unsere jahrelangen Anstrengungen wirken sich aus, denn jeder Einzelne von uns gestaltet die Welt jetzt mit. Jeder Einzelne von uns ist der Ozean und ist nicht nur ein Tropfen.

JAHN J KASSL

MEISTERDIALOGE 10

VOLLENDUNG

LICHTWELT
VERLAG

JAHN J KASSL
GELASSENHEIT IM STURM

EINFÜHRUNG VON BABAJI

Geliebter Jahn,

dieses Buch schreibst Du! Dieses Buch diktierst Du Dir selbst! Dieses Buch bist Du! Dieses Buch erreicht die Herzen der Menschen, denn es ist Deinem Herzen entsprungen und in Dir gereift.

Während das Leben läuft, versäumen die Menschen es, während das Glück wartet, warten die Menschen darauf, und während die Liebe nach Erfüllung ruft, stellen sich die Menschen taub.

Dieses Buch handelt vom Leben, vom Glück und von der Liebe. In einfachen, kurzen und tiefgründigen Kapiteln kann der Leser sich selbst ergründen: Mensch, was bist du wirklich und was glaubst du immer noch zu sein!?

Am Ende, wenn du das irdische Kleid ablegst und dich die Engel in das Licht heben, ist es zu spät – du bereust und bedauerst. Lass es niemals so weit kommen – vor allem jetzt nicht, da die Welt neu erschaffen und der Mensch neu geboren wird.

Du bist Teil des Wandels, Teil des Aufstiegs und Teil aller Ereignisse, die geschehen oder ausbleiben. Gestalte dein Leben, lebe es und sei glücklich! Bist du es nicht – dann werde es!

176 Seiten, 11,7 x 16,2 cm, Taschenbuch, ISBN 978-3-9504920-0-2
19 EUR inkl. MwSt. zzgl. Versand

JAHN J KASSL

GELASSENHEIT IM STURM

LICHTWELT
VERLAG

JAHN J KASSL
ERLÖSUNG

Die Lage auf unserer Erde verändert sich in einer atemberaubenden Geschwindigkeit. „Warum das alles?"

Auf der Suche nach Antworten reichen herkömmliche Erklärungsmodelle oft nicht mehr aus. Es ist einfach zu wenig, die Verwerfungen von jenen erklärt zu bekommen, die dafür verantwortlich sind. Die Menschen sind auf der Suche und es werden immer mehr. Auch Menschen, die mit Spiritualität bisher wenig anzufangen wussten, öffnen sich dafür und immer mehr Menschen beginnen den Sinn dieses Zeitgeschehens zu begreifen.

Das Dunkle bricht hervor, damit es gehen kann - und nicht - weil es uns vernichten soll! Dieses Verständnis wird in diesem Buch gegeben, denn es ist entscheidend, dass wir den Ereignissen dieser Zeit den wahren Wert abgewinnen.

„ERLÖSUNG" ist somit nicht nur der Titel dieses Buches, sondern ist der rote Faden in den 28 Gesprächen bzw. Botschaften in diesem 9. Band der Meisterdialoge.

Haben Sie ERLÖSUNG gefunden, wenn Sie dieses Buch gelesen haben? Nein! Denn kein Buch vermag Ihnen zu geben, was sie schon haben. Alles befindet sich in uns! Und indem wir es aus unserer Seele empor ans Licht heben, finden wir ERLÖSUNG.

JAHN J KASSL
MEISTERDIALOGE 9
ERLÖSUNG
LICHTWELT
VERLAG

JAHN J KASSL

SANANDA OFFENBARUNGEN 1

Das Zeitenende naht und meinen Aufträgen gemäß gebe ich heute dieses Buch, die Offenbarungen, für diese neue Zeit – das Wissen für eine neue Epoche, die nun beginnt. Wie sind die Zeichen der Zeit zu deuten und wie ist das zu verstehen, was seit Jahren durch viele Kanäle auf die Erde gebracht wird? Es ist an der Zeit, die Verwirrungen, die mancherorts entstanden sind, aufzuklären und die Irrtümer am geistigen Pfad zu benennen. Nicht alles, was zu euch gelangt, hat den Wert, wie es scheint. Bisher hatten diese Informationen Berechtigung und Sinn, doch nun ist die Zeit angebrochen, um sich von diesen „GEH-HILFEN" zu verabschieden. Ein erwachtes Bewusstsein ist ganz mit der göttlichen Quelle verbunden und bezieht alles Wissen direkt daraus. Dieses Buch räumt auf, rückt zurecht und gibt den Blick frei auf die Ereignisse, die der Menschheit nun bevorstehen. Eine wahrlich große Zeit ist angebrochen, und ich, JESUS SANANDA, bin mitten unter euch, denn meine Wiederkunft hat sich erfüllt. Weder werdet ihr stürzen noch fallen – ihr werdet euch erheben und zu wahren Göttern heranwachsen. Die göttliche Ordnung wird auf Erden wiederhergestellt und das Licht setzt sich weltumspannend durch. Damit ist die erste Offenbarung gegeben: DAS LICHT SIEGT!

Ein Beschluss Gottes – und so geschieht es.

378 Seiten, 11,7 x 16,2 cm, Taschenbuch, ISBN 978-3-9504748-3-1
22 EUR inkl. MwSt. zzgl. Versand

JAHN J KASSL
SANANDA
OFFENBARUNGEN 1
LICHTWELT
VERLAG

JAHN J KASSL

ENTSCHEIDENDE JAHRE DER MENSCHHEIT

DIE ZUKUNFT LIEGT IN UNSERER HAND

Es ist nicht zu leugnen: Die Menschheit befindet sich am Scheideweg! Entweder schaffen wir den positiven Umbruch und die Umkehr in das Licht - oder wir fahren mit Vollgas an die Wand. Noch nie zuvor in der Menschheitsgeschichte standen solch große Entscheidungen an und noch nie zuvor boten sich dem einzelnen Menschen so viele Gelegenheiten, sich selbst zu befreien und aus dem Schlamassel zu ziehen. Auf der Oberen Erde nehmen die Manipulationen derart zu, sodass es für den einzelnen Menschen heute kaum möglich ist, den Durchblick zu behalten. Eine kleine Elite setzt sich über alles hinweg und führt diese Menschheit in die totale Abhängigkeit, Verwirrung, Überwachung und Kontrolle. Im Sog der Corona-Krise werden diktatorische Maßnahmen - wie Ausgangssperren und Überwachung mittels Drohnen - beschlossen und umgesetzt. Auch am Beispiel von 5G ist dies eindrucksvoll verdeutlicht - und die meisten Menschen haben nicht einmal die leiseste Ahnung davon, was mit ihnen geschieht. Jedoch - ich hege Zuversicht, denn auch wenn der Dampfer eindeutig in die falsche Richtung fährt, so gibt es immer noch genug Möglichkeiten für eine Kursänderung. Es kommt auf jeden von uns an!

Dieses Buch weist uns Wege aus der globalen und individuellen Krise! Was in den bisher 7 Bänden der Meisterdialoge beschrieben ist, findet hier eine umfangreiche Fortsetzung.

MEISTERDIALOGE 8

JAHN J KASSL

ENTSCHEIDENDE JAHRE DER MENSCHHEIT

LICHTWELT
VERLAG

JAHN J KASSL

DU BIST BEHÜTET

Dieser 7. Band der Meisterdialoge geht den aktuellen gesellschaftspolitischen Ereignissen auf den Grund und beleuchtet die spirituelle Dimension dahinter.

Die Themen im Einzelnen sind:

- Die Bedeutung der Feindesliebe
- Gibt es ein gesundes Ego?
- Der einzige Weg zum Weltfrieden
- Wird es einen 3. Weltkrieg geben? Ich nehme es vorweg: Nein. Es wird nichts dergleichen geben.
- Welche Rolle spielen Amerikas Donald Trump, Chinas Xi Jinping und Russlands Wladimir Putin im großen Plan?
- Sind alle Reptiloiden schlecht und hat David Icke recht?
- Werden Außerirdische oder Innerirdische auf der Oberen Erde intervenieren oder tun sie dies bereits?
- Was hat es mit dem Clan auf sich und welche Bedeutung kommt den Tieren zu?
- Wie erreichen wir Fülle und ausreichend Geld?
- Welche Art von „Druck" übt die Quelle jetzt aus und was hat das mit unserer Transformation zu tun?

„Du bist behütet" ist nicht nur ein feinsinniger Titel, sondern ist das Programm der geistigen Welt für jene Menschen, die sich ganz unter IHREN Schutz stellen und die gleichzeitig mutig ihre Aufträge leben wollen.

JAHN J KASSL

MEISTERDIALOGE 7

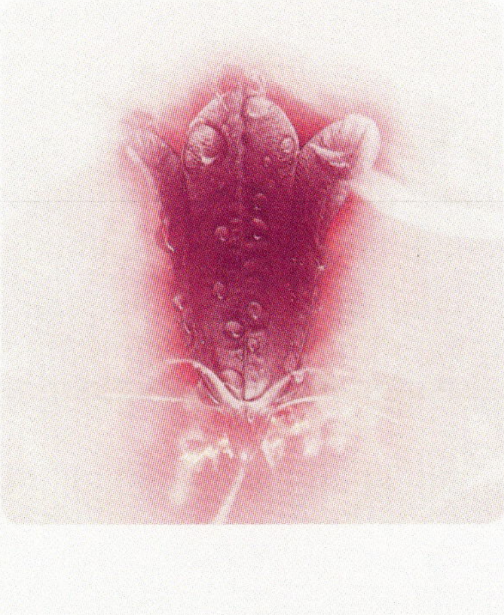

DU BIST BEHÜTET

LICHTWELT
VERLAG

JAHN J KASSL

LICHTSPUR IN DAS GOLDENE ZEITALTER

Wie in den Bänden 1–5 das Zeitgeschehen und die spirituelle Entwicklung der Menschen erfasst wurden, so ist auch dieses Werk voller top-aktueller Gespräche zu den Ereignissen dieser Tage. Die Themen sind:

- Macht und Eigenverantwortung
- Vom Teilzeit-Sucher zum Werkzeug Gottes
- Demut als Bombe für das Ego
- Todesängste, Freiheit und steht ein exponentielles Erwachen bevor?
- Der 5G-Problematik, das Bargeldverbot und der Technologie-Glaube der Menschheit werden genauso thematisiert, wie der Schutz, den wir jetzt dringend benötigen
- Der Klima-Hysterie und den Hype um Greta Thunberg ist ein ausführliches Gespräch gewidmet.
- „Gibt es die Hölle" und was läuft derzeit auf dieser Erde im Hintergrund wirklich ab, auch diese Fragen werde hier glasklar beantwortet.

Insgesamt werden weltpolitische Hintergründe beleuchtet und wir erhalten einen spirituellen Blick darauf - was uns neue Zugänge eröffnet.

„Diese „schnelle Zeit" führt dazu, dass sie schnell zu Ende ist."
(BABAJI)

266 Seiten, 11,7 x 16,2 cm, Taschenbuch, ISBN 978-3-9504748-0-0
21 EUR inkl. MwSt. zzgl. Versand

JAHN J KASSL

MEISTERDIALOGE 6

LICHTSPUR IN DAS GOLDENE ZEITALTER

LICHTWELT
VERLAG

JAHN J KASSL

SPRACHE DER SEELE

Dieses Buch ist ein direkter und einfacher Wegweiser durch das Leben und ein wunderbarer Wegbereiter zu Gott. In klaren und einfachen Bildern, Beispielen, Anrufungen, Gebeten, Selbstermächtigungen und Botschaften erhalten Sie das Geschenk dieser Zeit. Die dreizehn Schlüssel des Lebens öffnen jede Tür, so Sie sich dafür öffnen, die alten Konzepte aufzugeben und das Komplizierte abzulegen. So Sie bereit sind, einfach, klar und wahrhaftig den Weg der Liebe zu gehen, dann halten Sie hier die Schlüssel in der Hand.

Dieses Buch lädt Sie ein, die Lasten der Vergangenheit abzustreifen, mit sich selbst Frieden zu schließen und mit leichtem Gepäck weiterzureisen - und Tür für Tür offenbart sich Ihnen GOTT. Gott ist einfach, die Wahrheit ist einfach, das Leben ist einfach. Ihr Herz findet Erfüllung, Ihr Geist geht ein ins Friedensreich und Ihre Seele erlangt die Erleuchtung.

Die Sprache der Seele verstehen, heißt sich selbst verstehen und die 13 Schlüssel des Lebens bewirken das und führen Sie heim.

JAHN J KASSL

SPRACHE DER SEELE

LICHTWELT
VERLAG

JAHN J KASSL
WANDEL DER HERZEN

Ist der Aufstieg ein Ereignis, das die Menschen mit Raumschiffen in höhere Dimensionen des Seins bringt? Werden wir weg gebeamt oder geht es um etwas ganz anderes? Dieses Thema ist der Leitfaden und begleitet den Leser durch das ganze Buch.

Weitere brisante Inhalte:

- Ist das Wissen über Vorleben für den Einzelnen Menschen relevant?
- Wie können wir der energetischen Verseuchung begegnen?
- Ist der Wunsch, helfen zu wollen, berechtigt?
- Wie wird Erleuchtung erlangt und warum dauert es so lange? Sind spirituelle Übungen dafür notwendig?
- Ist Gewalt immer abzulehnen und gibt es auf 5D, wo viele Menschen hinwollen (Aufstieg), sogar negative Wesen?

„Etwas Großes beginnt!“, verkündet uns SANANDA im letzten Kapitel des Buches: *„Erde, Wasser, Feuer, Luft und Äther kommen auf eine für die Menschen bisher unbekannte Weise in Bewegung. (...)*

260 Seiten, 11,7 x 16,2 cm, Taschenbuch, ISBN 978-3-9503586-8-1
22 EUR inkl. MwSt. zzgl. Versand

JAHN J KASSL

MEISTERDIALOGE 5

WANDEL DER HERZEN

LICHTWELT
VERLAG

JAHN J KASSL

ATMAR

JENSEITES ALLER KONZEPTE

ATMAR ist höchstes göttliches Bewusstsein und führt uns ohne Umwege zu Gott. Wer bereit ist für einen direkten Pfad, wird jede Zeile dieses Buches als großes Geschenk und Segen erfahren. Lesen Sie hinein, wie es sich anspürt ohne Umschweife die Treppen der Erkenntnis emporzusteigen.

Jenseits des Weges existiert Gott:
Der Weg selbst ist weder das Ziel noch die Bestimmung.

Der Weg zu Gott ist einfach, so man alle Konzepte aufgibt. So man selbst das „Konzept des Weges" aufgibt. Denn es braucht keinen Weg, um IHN zu erlangen. Es braucht nur die augenblickliche Erkenntnis - ohne Weg, ohne Tun, ohne die Meilenstiefel, die euch angemessen wurden, damit ihr dieser Illusion begegnen konntet. Was für ein Weg soll es sein, der zu Gott führt? Das würde bedeuten, ihr befindet euch da (am Weg) und Gott ist dort (am Ende des Weges).

Ein Irrtum! So ist es. Denn Gott erlangt man ohne einen Weg, den ihr beschreiten müsst - das ist ein Konzept der Religionen, die davon wenig Ahnung haben und kaum Wissen.
Das Geheimnis ist einfach: IHR SELBST SEID DER WEG!

128 Seiten, 11,7 x 16,2 cm, Taschenbuch, ISBN 978-3-9503586-7-4
19 EUR inkl. MwSt. zzgl. Versand

JAHN J KASSL
ATMAR
JENSEITS ALLER KONZEPTE
LICHTWELT
VERLAG

JAHN J KASSL

KURS ZUR FREIHEIT

Kein Stein bleibt auf dem anderen, und die göttliche Ordnung in dir wird wiederhergestellt.

Der „Kurs zur Freiheit" verändert dein Leben. Sobald BABAJI in dein Leben tritt, wird alles ganz; Halbheiten und Kompromisse enden. Was in Haidakhan *(der Ort in Nordindien, an dem BABAJI von 1970-1984 menschliche Gestalt annahm und wirkte; höchstheiliger universeller Ort, Anm. JJK)* seinen Ausgang nahm, findet hier die Fortsetzung.

Der „Kurs zur Freiheit" ist die Einladung für dich, den Weg zur Quelle, in meiner Obhut zu gehen. Erwählst du dies, dann bin ich da und weiche niemals mehr von deiner Seite. Danach bist du neugeboren, denn danach haben alle Steine, die schwer in deinem Wesen lasten, ihren neuen Bestimmungsort gefunden und du bist frei. Gott ist groß, der ich bin BABAJI – und wir sind eins.

Ich komme zu jenen Menschen, die mich voller Sehnsucht rufen und mit reinem Herzen suchen. Sei dir bewusst.

87 Seiten, 11,7 x 16,2 cm, Taschenbuch, ISBN 978-3-9503586-6-7
17 EUR inkl. MwSt. zzgl. Versand

JAHN J KASSL

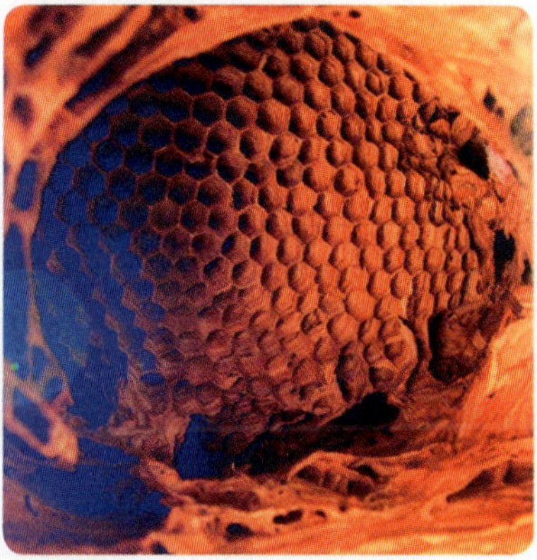

KURS ZUR FREIHEIT

LICHTWELT
VERLAG

JAHN J KASSL

IM ZEICHEN DES WANDELS

Dieses Buch ist die aktuelle Bestandsaufnahme dieser Zeit und lässt jene Menschen, die die Hoffnung auf eine bessere Welt verlieren, neue Zuversicht schöpfen.

Die Veränderungen auf der Erde sind unübersehbar! Dennoch hat sich bei vielen Menschen eine gewisse „Transformations- und Aufstiegsmüdigkeit" eingestellt.

Die aktuelle Lage stellt sich für mich verkürzt wie folgt dar: Während die Menschen auf unterschiedliche Weise mit den aktuellen Veränderungen umgehen, setzt sich der Umbau der Erde ungemindert fort. In diese Dynamik leuchtet dieses Buch hinein. In 28 Gesprächen mit den Erzengeln und den Aufgestiegenen Meistern wird Licht in Angelegenheiten, die uns alle betreffen, gebracht.

Das Buch zeigt auf, dass wir keinen Grund haben, vom eingeschlagenen Weg des Lichts abzurücken - nur weil sich manche Ereignisse nicht wie erwartet einstellen. Die Parole dieser Tage kann nur lauten: raus aus der Opferrolle und hinein in die Eigenverantwortung. Denn es ereignet sich. Der Umbau der Erde findet jetzt statt und diese Zeit steht unwiderruflich – im Zeichen des Wandels.

311 Seiten, 11,7 x 16,2 cm, Taschenbuch, ISBN 978-3-9503586-5-0
22 EUR inkl. MwSt. zzgl. Versand

JAHN J KASSL

MEISTERDIALOGE 4

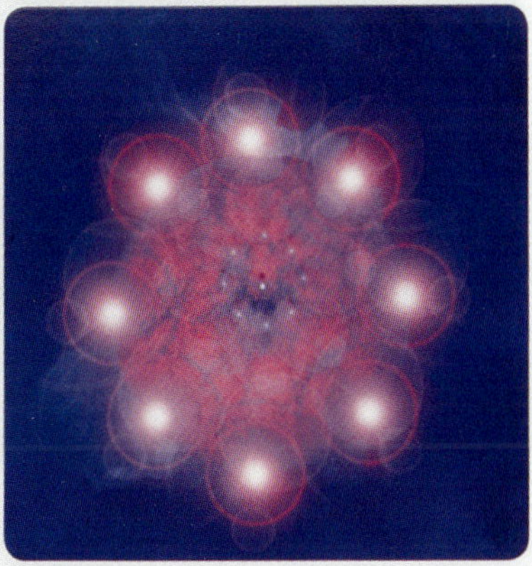

IM ZEICHEN DES WANDELS

LICHTWELT
VERLAG

JAHN J KASSL

JETZT BIST DU DA

Dieses „Tagebuch eines Erwachens“ umfasst einen Zeitraum von 38 Tagen und ist ein zutiefst ehrlicher Bericht einer spirituellen Wandlung, an deren Ende die konstante Anbindung an das Licht Gottes steht. Während dieser Zeit im Sommer 2007 stand mir Jesus Sananda täglich 24 Stunden bei. Es war die Zeit, in der ich schließlich Gottvertrauen erlangte und in der sich für mich der Schleier zwischen Himmel und Erde für immer hob.

„JETZT BIST DU DA“ geht jedoch weit über meine eigene Transformation hinaus, denn es enthält eine Fülle von Botschaften für die ganze Menschheit. Manches erhält rückblickend eine neue Bedeutung und so ist dieses Buch auch ein spannendes Werk spiritueller Zeitgeschichte. Und schließlich das Wichtigste: Jesus lädt durch dieses Buch auch dich ein, dein Gespräch mit IHM zu beginnen.

Für mich waren diese 38 Tage das bis dahin größte Geschenk meines Lebens – und dass ich heute, 10 Jahre später, dieses Geschenk weiterreichen darf, erfüllt mich mit großer Freude.

JAHN J KASSL

TAGEBUCH EINES ERWACHENS

JETZT BIST DU DA

LICHTWELT
VERLAG

JAHN J KASSL
KURS IM KREIEREN

Der „Kurs im Kreieren" ist der Fahrplan für ein erfülltes Dasein und zu einem Leben in der Fülle Gottes.

Weshalb ist die „Fülle" für die meisten Menschen bis heute nur ein Wort? Wie können wir unsere Schöpferkraft entfalten und sie zum Wohle aller anwenden? Auf diese oder ähnlich lautende Fragen, die für immer mehr Menschen an Bedeutung gewinnen, gibt dieses Buch eine praktische Antwort, indem es Sie „Fülle" in 72 Übungsschritten selbst erfahren lässt.

Die große Zeit ist, wie im gleichnamigen Buch (DIE GROSSE ZEIT IST GEKOMMEN, Edition Meisterdialoge 1) umfassend beschrieben, wahrlich da. Für den Einzelnen bedeutet dies: Die Wiederentdeckung seiner geistigen Fähigkeiten und die positive Anwendung derselben.

Machen wir uns also an die Arbeit, denn das Himmelreich ist nicht außerhalb, sondern innerhalb von uns. Der Kurs, der uns dabei unterstützt und fördert, liegt nun vor.

JAHN J KASSL
KURS IM KREIEREN
LICHTWELT
VERLAG

JAHN J KASSL

DIE ERDE WIRD NICHT ZERSTÖRT!

Was dürfen wir erwarten, und was kommt auf uns wirklich zu? Fragen, die bereits in den zwei Bänden der Meisterdialoge 1 (»DIE GROSSE ZEIT IST GEKOMMEN«) und 2 (»ES WIRD STILL AUF DIESER WELT«) besprochen wurden und die sich heute auf zwei Szenarien verdichten lassen: »Weltuntergang« oder »Aufstieg«? Und was geschieht bis dahin? Damit beschäftigt sich dieses Buch und darauf geben die Gespräche mit den Aufgestiegenen Meistern Antworten. Die Themen, die in diesem Werk besprochen werden, treffen den Puls der Zeit und durften von mir, stellvertretend für viele Menschen, den Meistern vorgelegt werden: Archonten, Baal-Satan-Verehrung, RFID-CHIP, Transhumanismus, Völkerwanderung nach Europa, Organspende, bedingungsloses Grundeinkommen, Fremdbesetzungen, unsere Kinder..., sind nur einige der Themen, die hier zur Sprache kommen. Zusätzlich, und darin liegt der »praktische Wert« dieses Buches, bieten die Aufgestiegenen Meister SANANDA, LADY NADA, ASANA MAHATARI, SANAT KUMARA und SAI BABA ganz konkrete Hilfestellungen für unseren Alltag und wie wir mit den Energien und Entladungen dieser Zeit umgehen können.

Alles befindet sich im Wandel und die Erde verändert ihr Gesicht. Doch sie bleibt bestehen! »Ihr seid beschützt und die Erde wird nicht zerstört.« (Sananda)

MEISTERDIALOGE 3

JAHN J KASSL

DIE ERDE WIRD NICHT ZERSTÖRT!

LICHTWELT
VERLAG

JAHN J KASSL

30 TORE ZUR ERLEUCHTUNG

Dieses Buch ist Ihr Begleiter durch diese Zeit und ebnet Ihnen den Weg in die Meisterschaft. Stehen Sie vor einer wichtigen Entscheidung, verlangt eine Frage nach dringlicher Antwort? Dieses Buch lässt Ihnen, durch das „zufällige" Aufschlagen einer Seite die Antwort zukommen.

Dieses Werk kann als „Orakel", als Medium eingesetzt werden, damit Sie durch Anrufungen, Übungen oder Verfügungen in unterschiedlichen Lebenslagen Klarheit erhalten. Begleitet werden Sie dabei von Meister St. Germain, Jesus Sananda, Babaji, Kryon, Serapis Bey, Lord Krishna, Lord Maitraya, Meister Hilarion und dem kosmischen Logos ATOS TU NAH'.

Es ist DAS „Buch der Transformation" und begleitet Sie durch die letzten Tore der Erkenntnis. Sie können sicher sein, dass sich die nötigen Wachstumsschritte, die Ihnen dieses Buch am Wege zur Erleuchtung bietet, äußerst zielgerichtet einstellen.

Die Zeit der Ernte ist auch für Sie gekommen. „30 TORE ZUR ERLEUCHTUNG" ist das Buch für Meister, also das Buch für Sie!

JAHN J KASSL
30 TORE
ZUR
ERLEUCHTUNG
LICHTWELT
VERLAG

JAHN J KASSL

ES WIRD STILL AUF DIESER WELT

Welche Revolution ist jetzt notwendig? Wie können wir kämpfen? Was geschieht, ehe das große Ereignis alles verändert? Ist eine göttliche Intervention zu erwarten? Wie ist aus spiritueller Sicht mit dem "Nationalgefühl" umzugehen und ist es berechtigt? Gibt es Krieg in Europa oder kommt alles anders? Ist die Einheit aller Menschen nur eine Utopie und unser Aufstieg eine Illusion? Darauf und auf viele weitere Fragen bietet dieses Buch Antworten. In 16 Gesprächen mit Paramahansa Yogananda, Sananda, Babaji, Mutter Maria, Gott, Sai Baba, Meister Kuthumi, Asana Mahatari und Lady Nada werden uns die Zusammenhänge der jetzt die "Not" wendenden Ereignisse enthüllt. Dabei legen wir Ängste ab und gewinnen Zuversicht.

"Diese Welt wird Ruhe und die Menschheit wird Frieden finden. Das ist der Menschheit vom Himmel versprochen, das wird durch die Ausrichtung vieler Menschen begünstigt und durch den Willen einzelner Menschen erwirkt." (Sai Baba)

JAHN J KASSL

MEISTERDIALOGE 2

ES WIRD STILL AUF DIESER WELT

LICHTWELT
VERLAG

JAHN J KASSL
JESUS
BIOGRAFIE 1
LICHTWELT
VERLAG

JAHN J KASSL

LEBEN

Dieses Buch leuchtet tief in die nun bevorstehende Zeit hinein. Der Aufstieg der Menschheit und des Planeten findet statt und setzt sich trotz der weitverbreiteten Zweifel und Zweifler temporeich fort. Umwälzungen in der Gesellschaft sind nicht mehr zu übersehen. Staat, Kirche und bewährte Institutionen werden in Frage gestellt und wandeln sich, ja, sie müssen es. Im Einklang mit dem Schöpfer werden die Weichen gestellt, die es jetzt braucht, damit sich der Planet mit der Menschheit auf der fünften Dimensionsebene des Lichts verankern kann. Noch liegt eine bedeutende Wegstrecke vor uns und was wir jetzt vor allem benötigen, ist die Weisheit zu LEBEN.

Dieser erste Band „LEBEN" ist ein Wegweiser dazu und weist uns die Lichtspur der uns bevorstehenden Wochen, Monate und Jahre.

184 Seiten, 11,7 x 16,2 cm, Taschenbuch, ISBN 978-3-9504748-8-6
17 EUR inkl. MwSt. zzgl. Versand

JAHN J KASSL

LEBEN

LICHTWELT
VERLAG

JAHN J KASSL

LICHT 1 - HEILUNG DURCH GOTT

„Gegeben für alle Menschen, um Einheit, Frieden und Liebe bleibend auf der Erde zu verankern." (GOTT)

Dieses Buch bringt den Leser mit dem göttlichen Licht und der göttlichen Liebe in Berührung; Blockaden können weichen und Frieden in uns selbst entsteht.

Die Kapitel beleuchten jene Themen, die viele Menschen heute beschäftigen. Wie gehen wir mit Neid, Zorn, Hass, Gier, Enttäuschung oder mit Eifersucht um, und wie können wir Minderwertigkeit, Schuldgefühle, Verzweiflung, Trauer oder Ängste, transformieren und entfernen.

„... der sanfte Strahl des Lichts berührt dein Herz, und der Geist Gottes offenbart dir deine Schönheit." (GOTT)

„Durch diese Zeilen wirkt der Geist Gottes. Seite für Seite erhältst du die Möglichkeit, einen Blick auf deine Themen zu gewinnen - Themen, die jetzt einer Erlösung bedürfen. Durch deine aufrichtige Absicht beginnt das unfehlbare göttliche Licht zu arbeiten - während du liest und Seite für Seite dir begegnest." (GOTT)

„Licht 1 - Heilung durch Gott", ist ein Geschenk aus dem Ursprung allen Seins; direkt gegeben für Dich.

JAHN J KASSL

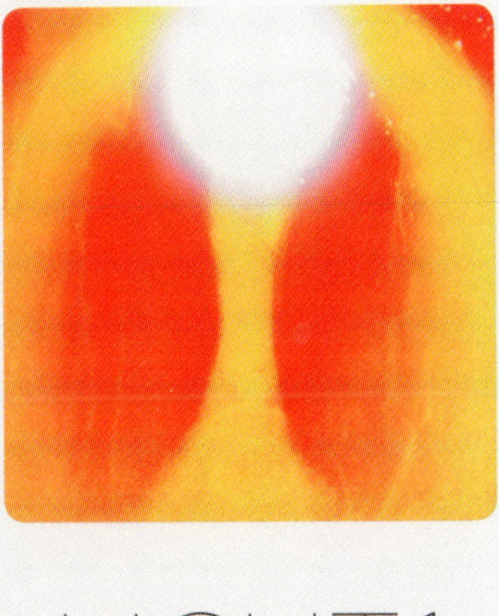

LICHT1

HEILUNG DURCH GOTT

LICHTWELT
VERLAG

JAHN J KASSL

TELOS

WILLKOMMEN IN AGARTHA

Werden wir aufsteigen oder bleibt alles wie bisher? Was ist Illusion, was ist Wirklichkeit? Haben die Propheten recht oder irren diese, da in der offensichtlichen Welt die Veränderungen spärlich sind, der angekündigte Wandel fern scheint und die innere wie äußere Befreiung der Menschheit auf unerträgliche Weise auf sich warten lassen? Kurz: Bleibt alles gleich oder wird alles anders?

Dieses Buch bietet klare Antworten auf diese existenziellen Fragen der Menschen und Antwort auf die "Zukunft" der Menschheit. "Telos – Willkommen in Agartha" ist der Schlüssel für Ihren Aufstieg.

254 Seiten, 11,7 x 16,2 cm, Taschenbuch, ISBN 978-3-9504748-1-7
19 EUR inkl. MwSt. zzgl. Versand

JAHN J KASSL

TELOS

WILLKOMMEN IN AGARTHA

LICHTWELT
VERLAG

JAHN J KASSL

LICHT II

Dieses Buch arbeitet mit ihnen! Es setzt Heilenergie frei und hat die Kraft, ihr Leben von Grund auf zu verwandeln. Das göttliche Licht wirkt und heilt. Wie befreie ich mich von Ängsten, was bedeuten Hoffnung und Glaube, wie ist mit Erwartung umzugehen, was ist ein Gebet? Sind Ehrgeiz und Sorge nützlich oder nur Ballast? Vom Sterben und Tod, von der Freude und der Sehnsucht nach unserer himmlischen Heimat; davon handelt dieses Buch. Während sie darin lesen, wirkt das göttliche Licht. Die Begleitung Gottes, die Nähe der Engel und Erzengel sowie die Anwesenheit der Aufgestiegenen Meister sind in jedem Moment erfahrbar. Ein Geschenk aus der Einheit allen Seins. Gegeben für alle Menschen dieser Erde.

171 Seiten, 12,6 x 20 cm, Leinen gebunden,
ISBN 978-3-9502852-0-8
22,40 EUR inkl. MwSt. zzgl. Versand

Jahn J Kassl
LICHT
II
LICHTWELT
VERLAG